Unterwürfige Frauen

Erika Sanders

Unterwürfige Frauen

Erika Sanders

Reihe

Unterwürfige Frauen

Zusammenfassung

Es besteht aus folgenden Romanen:
Unterwürfige
Fantastic Girl
Das Ausziehspiel
Unterwürfige Lateinamerikanische Frau

Unterwürfige Frauen ist eine Romanreihe mit starkem erotischem BDSM-Gehalt und gehört wiederum zur Sammlung **Erotic Domination and Submission**, eine Romanreihe mit hohem romantischem und erotischem BDSM-Gehalt.

(Alle Charaktere sind 18 Jahre oder älter)

Hinweis zum Autorin:

Erika Sanders ist eine international bekannte Schriftstellerin, übersetzt in mehr als zwanzig Sprachen, die ihre erotischsten Schriften abseits ihrer üblichen Prosa mit ihrem Mädchennamen signiert.

Index:

UNTERWÜRFIGE FRAUEN
ERIKA SANDERS

9

UNTERWÜRFIGE

Ich wünsche dir.

Alles über dich.

Von Kopf bis Fuß und alles dazwischen.

Dein Körper, dein Geist, deine Seele.

Die Unvollkommenheiten, die du hasst, die ich nicht hasse.

Ich liebe jeden Teil von dir, so wie du bist.

Besonders dieser Arsch.

Ich will bei dir bleiben.

Die ganze Zeit.

Es ist egal, wo du bist.

Meine Gedanken wandern, ausgelöst durch einen Gedanken oder ein Bild.

Ein Lied.

Ihre Initialen auf einem Nummernschild.

Ein einfaches Wort, das im Vorbeigehen gesprochen wird und für Sie beide eine besondere Bedeutung hat.

Ein Fremder, der Haare trägt wie Sie.

Gekleidet wie du.

Ich möchte deine Stimme hören.

Wenn du mich mit deinen Kosenamen anrufst.

Sag mir, dass du mich liebst, dass du mich vermisst.

Beschreibe, wie dein Tag war.

Fragen Sie mich nach meiner und geben Sie mir Ihre Meinung.

Teilen Sie mit, was wir tun oder planen.

Sogar das Alltägliche.

Verführe mich spät in der Nacht, während ich nackt im Dunkeln im Bett liege und du meilenweit entfernt bist.

Sei hart zu mir, wenn ich verwöhnt werde und schmolle, um das Telefon zum Schlafen aufzulegen oder dich für die Arbeit vorzubereiten.

Ich möchte, dass Ihr Interieur schriftlich geöffnet wird.

Ich genieße jede neue Nachricht und jedes neue Foto.

Ich überprüfe vergangene Gespräche.

Ich erinnere mich, dass Sie immer noch an mich denken, wenn wir physisch nicht zusammen sind.

Das kann mit einer Berührung Ihrer Finger da sein.

Deine Worte sind stark, obwohl es keinen Ton gibt; Sie berühren mich im Hintergrund, als hättest du sie mir direkt ins Ohr gesagt.

Ich möchte meine Romane mit Ihnen besprechen.

Schlagen Sie mir Ideen vor, während wir die Handlungs- und Charakternamen erarbeiten.

Problembereiche beseitigen.

Schwindel mit den Kommentaren und Meinungen der Fans.

Besänftige meine Wut und Verwirrung, wenn gesichtslose und herzlose Leser meine Geschichten ohne guten Grund kritisieren.

Und ich schreibe weiterhin einen Tag mit Ihrer Ermutigung.

Ich möchte von dir gezähmt werden.

Kochen und Hausarbeit machen.

Besorgungen machen.

Tanzen gehen, einen Film sehen und Ausflüge machen.

Kuscheln Sie sich einfach und machen Sie an einem regnerischen Wochenende ein Nickerchen auf der Couch.

Rufen Sie mich an, um den ganzen Tag unter Deckenstapeln im Bett zu schlafen.

Schlafen Sie nachts in den Armen des anderen ein und wachen Sie dann morgens nebeneinander auf.

Zusammen duschen.

Haben Sie Make-up Sex, wenn wir kämpfen.

Ich möchte von dir geküsst werden.

Wiederholt.

Zärtlich und grob.

Sie wissen, wie man sich über mich lustig macht.

Befriedige mich.

Weck mich mit deinen Lippen, Zähnen und Zunge auf.

Um mich zum Weinen und Stöhnen zu bringen.

Flehen.

Mein Körper zittert.

Ich möchte versaute Dinge mit dir machen.

Nehmen Sie an Mahlzeiten und Veranstaltungen teil.

Finde Freunde in deinem Lebensstil.

Nimm an Sexspielen auf Partys teil.

Entdecken Sie weitere geheime Wünsche.

Löse unsere Hemmungen.

Entdecken Sie unsere dunkleren Seiten.

Nehmen Sie sich gegenseitig an die Spitze der Höhen und trösten Sie sich dann gegenseitig, wenn wir auf die tiefsten Tiefen fallen.

Ich möchte von dir dominiert werden.

Er knurrte, weil ich dein bin.

Du lässt meinen Puls rasen und meine Atmung aufhören, wenn ich deine Befehle höre.

Lautlos oder abrupt lassen mich beide Situationen rot werden.

Ich möchte wirklich, dass du mich mit deinem Schwanz zwischen meinen Beinen an die Wand drückst und gegen meine Muschi drückst.

Dass du mir befiehlst, dich zu ficken ... nur zu kommen, wenn du es sagst.

Ich habe keine andere Wahl, als nachzugeben, wenn Sie meine Ohren, meinen Hals und meine Brüste mit Ihrem Mund quälen.

Oder wenn ich deine Hände auf meinem Körper spüre, während du deine beanspruchst.

Meine Brust schwillt vor Stolz an, wenn Sie sagen, dass ich ein "gutes Mädchen" bin, um zu tun, was Sie wollen.

Ich möchte von dir gefesselt werden.

Physisch.

Geistig.

Mit Ihren Händen, Handschellen oder Seilen.

Meine Handgelenke hielten sich in deinem Griff über meinem Kopf oder waren am Kopf des Bettes befestigt.

Eingeschränkte Beine, zusammen oder auseinander.

Meine Bewegungen und Reflexe werden kontrolliert.

Jede Chance, dich zu berühren, ist ausgeschlossen.

Eine Augenbinde über meinen Augen, damit ich nicht sehen kann, was du mir antun wirst.

Ich will von dir gefickt werden.

Nackt und überwältigt unter deinem Körper, während du mich wegfegst.

Steh frei von Fesseln ohne eine Berührung von einem von euch und benutze nur deine Worte, um mich zu winden und zu stöhnen, während du mich auf entzückende Weise verarschst.

Oder die einfachen, leichten Berührungen, die Sie entdeckt haben, bringen mehrere Orgasmen hervor, egal wo Sie meinen Körper streicheln.

Ich möchte, dass du mich benutzt.

Nach Belieben von einem Ort zum anderen gezogen werden.

Überwältigt, wenn ich kämpfe.

Mein nackter Arsch schlug, während er mich hielt.

Meine Spielsachen haben mich benutzt ... von dir.

Deine Hand packte meine Haare in meinem Nacken.

Drücke leicht auf meinen Hals, während du mir in die Augen schaust.

Um mich daran zu erinnern, wer verantwortlich ist.

Ich möchte deine Regeln befolgen.

Wenn Sie außerhalb meiner Reichweite sind, geben sie mir etwas, auf das ich mich konzentrieren kann.

Sie werden mit meinem besten Interesse definiert.

Ich weiß, dass Sie entsprechend diszipliniert werden, wenn ich sie breche.

Dass du mir vertraust, ehrlich zu dir zu sein, wenn ich dir nicht gehorcht habe.

Ich möchte, dass du mich tröstest.

An dich gekuschelt, wenn ich überwältigt bin oder einen schlechten Tag habe.

Mein Haar streichelte und küsste mich mit meinem Kopf unter deinem Kinn gegen deine Brust.

Beruhigt durch deine Worte und deine Arme um mich.

Schaukeln, bis die Tränen aufhören.

Ich möchte mich um dich kümmern.

Um dich zu umarmen, wenn du traurig, müde oder krank bist.

Ich werde deine Stärke sein, jemand, auf den du dich stützen kannst, denn selbst ein Dom kann schwache Momente haben.

Als Ihr Sub bin ich für Sie da, in jeder Situation, in der Sie mich brauchen.

Um Ihnen zu gefallen oder Ihre Schmerzen zu lindern.

Ich will all diese Dinge und mehr.

Weil ich so unterwürfig bin.

Als deine Dominante ...

FANTASTIC GIRL

ERSTER TEIL
ROBERT UND MONICA

Vor sechs Jahren

Wir sind im Frühling, die Schulkinder warten gespannt auf die Ankunft des Sommers, der Reisen, der Liebesbeziehungen; Alle Gedanken sind nicht in den Büchern, sondern in dem, was sie tun werden, wenn der Unterricht vorbei ist.

In einer Klasse wie vielen anderen sitzen Monica und Robert an Schreibtischen. Sie kennen sich seit dem ersten Jahr. Sie sind Freunde.

SIE: Monica; 15 Jahre; Tochter von 2 Bauern; dunkles Haar, dunkle Augen.

Unterscheidungsmerkmale: schön; Die Natur war sehr großzügig für sie: ein prächtiges Gesicht, zwei märchenhafte Augen, glatte und makellose Haut, ein schöner, straffer und wohlgeformter Körper, Brüste, die noch nicht entwickelt, aber beeindruckend für ihre Festigkeit sind; Hinzu kommt, dass sie seit ihrer Kindheit immer die Angewohnheit hatte, zu Fuß oder mit dem Fahrrad zur Schule zu gehen, da die wirtschaftliche Situation ihrer Eltern jeden Tag kilometerweit unterwegs war. außerdem half er seinen Eltern häufig und bereitwillig bei der Arbeit auf den Feldern; Wenn er konnte, entspannte er sich gern, indem er in dem kleinen See in der Nähe seines Hauses schwamm. Das Ergebnis ist ein wunderschönes Mädchen, das Ihnen den Atem raubt, nur um sie aus der Ferne zu sehen.

Sie ist nicht sehr gut in der Schule, sie lernt nicht sehr gerne. Auf der anderen Seite ist er in allen Sportarten hervorragend - nicht einmal Jungen können sich gegen ihn behaupten.

Sie hofft, ihren Abschluss zu machen, einen ehrlichen Job zu finden, um ihr zu helfen, den Jungen ihrer Träume zu finden, später eine Familie zu gründen; Ihr Traum wäre es jedoch, eine etablierte Sportlerin zu werden. Deshalb trainiert, rennt, schwimmt sie, sobald sie kann, alleine auf dem Feld (ohne sich ein Fitnessstudio leisten zu können).

HE: Robert, 15, Sohn von 2 Universitätsprofessoren; braune Haare, blaue Augen. Er erbte einen außergewöhnlichen Geist von seinen Eltern; Er konnte überdurchschnittliche Noten erhalten, ohne zu studieren, aber seine Eltern wollen das Beste für ihn: Als Kind zwangen sie ihn, 4 verschiedene Sprachen zu lernen, und hinderten ihn daran, ein echtes soziales Leben zu führen; das Ergebnis ist ein sehr intelligenter, aber schüchterner und introvertierter Junge; Seine Kollegen ärgern ihn oft wegen seiner körperlichen Erscheinung: nicht sehr groß, ein wenig fett, absolut verweigert für jede Aktivität, die nicht nur Argumentation erfordert, ein Körperbau, der nicht mehr außergewöhnlich ist und durch Jahre, die in Büchern und in Büchern verbracht wurden, weiter ruiniert wird der PC. Er hatte noch nie eine Freundin und ist sich bewusst, dass es schwierig sein wird, eine zu finden, da er Schwierigkeiten hat, mit anderen in Beziehung zu treten. Er war immer ein bisschen resigniert.

Dein erster Schultag.

Sie sind beide zu spät, sie sitzen an der einzigen freien Theke; für ihn ist es Liebe auf den ersten Blick; er hat noch nie eine solche Kreatur gesehen; Wenn er ihr nahe steht, bleibt er im siebten Himmel. Er ist sich jedoch bewusst, dass er es niemals haben kann. Er bereitet sich bereits darauf vor, sie zu sehen, während er an einem anderen Ort sitzen wird, als sie ihn anlächelt und ihn bittet, eine Formel zu erklären, die er nicht verstanden hat: Er lächelt der Reihe nach und erklärt die Formel mit einer entwaffnenden Natürlichkeit.

Sie werden Freunde; Monica sieht in ihm einen zarten und sensiblen Jungen, einen Freund; zwischen ihnen wird eine Art stillschweigende Vereinbarung getroffen; Robert wird zu einer Art Schullehrer und spart nicht daran, sie dazu zu bringen, die schwierigsten Fächer zu lernen: Für ihn ist es ein Traum, sie bei sich zu haben.

Sie treffen sich oft abends, um gemeinsam zu lernen.

Monica erkennt in ihrer Naivität nicht das Gefühl, das Robert fühlt; Auf der anderen Seite sehen alle Jungen sie auf eine bestimmte Weise an, und da er zurückhaltender ist, lässt er nicht heraus, was er fühlt. sieht ihn als Freund und das wars.

Robert hingegen beginnt sich im Laufe der Zeit zu verfluchen: Sagen Sie ihr, was er fühlt, und laufen Sie Gefahr, sie dauerhaft zu verlieren oder sie weiterhin so zu haben?

Abschlusszeit - vor drei Jahren

Monica ist ein noch schöneres Mädchen geworden als zuvor: Jetzt ist sie eher eine Frau. Ihre Weiblichkeit zeigt sich am deutlichsten in ihren Formen, ihr prächtiges Gesicht ist mehr geformt. Ihre sportlichen Fähigkeiten haben sie zu einer vollständigen Sportlerin auf nationaler Ebene gemacht. Nachdem sie in der High School in allen Sportarten der Mädchen hervorragende Leistungen erbracht hatte, wurde sie professionelle Turnerin. Jetzt ist es sein Ziel, die High School mit Würde zu beenden, um sich ganz dem Sport zu widmen.

In dieser Hinsicht hat sie Robert viel zu verdanken, der ihr sehr geholfen hat und oft sogar ihre Kopie in ihrer Klassenarbeit gemacht hat; Tatsache ist, sie sieht ihn glücklich, ihr zu helfen, und sie sieht nichts falsch daran.

In ihrer Naivität merkt sie nicht, welches Gefühl er für sie hat.

Auch weil sie seit ein paar Tagen mit einem Jungen zusammen ist, in den sie sich verliebt ... nun, zumindest scheint sie sich zu verlieben, die klassischen Dinge, die in der Jugend passieren. Sie treffen sich abends und am Wochenende, aber es ist noch nicht offiziell. Die Anziehungskraft zwischen ihnen ist stark, sie lieben sich fast immer, es gibt ein starkes Verständnis.

Sie hat Robert in letzter Zeit nicht oft gesehen, er ist jetzt ziemlich fortgeschritten in seinem Studium, er braucht ihn nicht mehr; Und dann wird es langweilig

Robert wuchs vor allem in der Scholastik auf. Er hat mehrere Stipendien erhalten, insbesondere in den Bereichen Informationstechnologie, Elektronik und Programmierung.

Viele renommierte Unternehmen bewerten Sie bereits für Vorstellungsgespräche und Stellenangebote.

Er ist ein Genie, er schafft es sehr gut in allem, woran man denken muss.

Aber er ist traurig.

Seine Fähigkeiten beeindrucken die Frau seiner Träume nicht, die inzwischen zu einer Obsession geworden ist. In einem verzweifelten Versuch, Punkte zu sammeln, meldete er sich für die Fußballmannschaft der Stadt an und hoffte, dass er Monicas Interessen näher kommen könnte ... mit katastrophalen Ergebnissen. Er verließ das Team und verspottete Felix, den Kapitän.

Er gibt sich mit der Idee ab, sie zu verlieren, da sie lernt, selbstständig zu lernen und vor allem in die Welt des Sports eintreten wird, um ihre zu verlassen.

Manchmal bist du hartnäckig mit ihr:

"Bist du sicher, dass ich dir nicht bei deinem Geometrietest helfen soll? Wirklich, ich denke du brauchst eine Hand, jeder hat es schwer ..."

Sie bringt ihn zum Schweigen. "Hör zu, bestehe nicht darauf, das reicht mir allein, und ich lerne auch, danke, aber bestehe nicht darauf."

Dies sind jetzt gemeinsame Gespräche zwischen Ihnen beiden.

Vor zwei Jahren

Monica lernt nicht gern, besonders Ende Mai. Er schwimmt lieber, geht spazieren ...

Robert weiß, dass er aufgeben sollte, aber die Besessenheit ist stärker als er.

Sie können nicht anders, als im Internet nach allen Fotos von ihr zu suchen, die von Sportartikeln heruntergeladen wurden. Sie hat ihren eigenen persönlichen Ordner erstellt.

Es gibt ein sehr gut erhaltenes Foto aus einem Artikel über regionale Meisterschaften, auf dem sie in all ihrer Pracht dargestellt ist, eingewickelt in einen engen Anzug, der wenig der Fantasie überlässt und während einer Körpergewichtsübung aufgenommen wird, während sie eine Art macht Brücke, die Ihre Formen und Muskeln hervorhebt.

Dies kann nicht fortgesetzt werden.

Du musst zu ihr gehen und mit ihr reden, ausdrücken, was du fühlst.

Sie beschließen, sie anzurufen, um einen Termin zu vereinbaren, Sie müssen unbedingt mit ihr sprechen:

...

Monica: Aber es tut mir leid, wenn es so wichtig ist, sag mir etwas am Telefon.

Robert: Nun, es am Telefon zu sagen ist peinlich, sagen wir, es geht um uns beide, hier bin ich ...

Monica: Was !? Wir beide? Hören Sie, Robert, Sie und ich sind Freunde, nichts weiter. Wenn Sie mir das sagen wollten, vermeiden Sie es zu kommen!

... du ... du ... du ... du ...

Sie ist sichtlich verärgert, sie ist in dieser Nacht beschäftigt und kann nicht verstehen, dass Robert die ganze Zeit mit Hintergedanken an ihrer Seite war; Und dann ist er in letzter Zeit zu aufdringlich geworden

Robert wird zerstört.

Jetzt weiß er, dass er sie auch als Freundin verloren hat.

Er gibt nicht auf, beschließt, zur Klärung zu ihr zu gehen, zumindest möchte er, dass ich wieder mit ihm spreche.

Sie kennen den Weg, er scheint im Vergleich zum Üblichen nur sehr kurz zu sein: Was werden Sie sagen? Wie wird die Rede beginnen? Jetzt hast du die Wahrheit erraten und sie für immer verloren. Wie kann es behoben werden?

Als er sich dem Eingang des Hauses nähert, hört er einen Wasserstrahl im Teich neben Monicas Haus.

Robert weiß, dass er gerne nachmittags schwimmt, um sich fit zu halten.

Sie ist stärker als er, anstatt an die Tür zu klopfen, nähert er sich dem Teich mit der Absicht, an sie zu klopfen.

"Monica ..."

Man kann es nicht hören, es ist unter Wasser.

Beim Schwimmen schafft es Robert, sie in all ihrer Schönheit zu sehen; Ihr Körper scheint aus Marmor zu sein, behält aber eine unglaubliche Krümmung und Weiblichkeit. Es bewegt sich mit Anmut und Kraft gleichzeitig auf dem Wasser.

In diesem Moment ist er zwischen den Bäumen und als er sie wieder anrufen will, sieht er sie aus dem Wasser kommen ...

Seine Stimme hängt in seiner Kehle.

Das habe ich noch nie gesehen.

Sie ist nackt.

Er nähert sich dem Ufer, kommt in seiner ganzen Pracht heraus, die Wassertropfen ziehen wunderschöne Pfade über seinen ganzen Körper, während er herauskommt und seine Haare dreht. Die vollen, aber festen Brüste bewegen sich gewunden zusammen mit den Brustmuskeln; Im Bauch stechen die geformten Bauchmuskeln aus jahrelanger Bewegung hervor. Die Beine sind scharf, lang, aber auch definiert und muskulös. Sein Körper ist eine Hymne an die Perfektion. Als er sich dem Ufer nähert, sieht Robert seine ganze Nacktheit und bleibt bewegungslos, ohne ein Geräusch machen zu können.

Aber etwas Unerwartetes passiert.

Sie ist nicht allein.

Robert hört Lachen hinter einem Busch, wohin Monica geht.

Jetzt hat er sie aus den Augen verloren, aber er kann Lachen, Stöhnen vor Vergnügen und noch mehr Lachen hören.

"Monica, ich denke du solltest klar mit Robert sprechen, ihm sagen, dass wir zusammen sind und aufhören ihn zu betrügen, ein Mädchen wie du würde jeden zum Verlieben bringen ..."

"Aber ich dachte nicht, dass er Hintergedanken hat ... es ist ... es ist erst in letzter Zeit, dass er hartnäckig, unerklärlich eifersüchtig, besitzergreifend geworden ist, das macht mir viel Ärger ... ich ... ich weiß nicht, wie ich es ihm sagen soll, er scheint es nicht verstehen. Vielleicht hätte ich es schon vor langer Zeit wissen sollen. "

"Es ist besser, so schnell wie möglich zu klären, wenn du es nicht tust, werde ich es tun."

"Mach dir keine Sorgen, bist du eifersüchtig? Wie könnte ich etwas für ihn fühlen? Zuerst dachte ich zumindest, er sei freundlich, aber jetzt denke ich, ich verstehe seine wahren Absichten; und dann physisch ... hier ... ist er abstoßend. ... sicherlich nicht wie du ... "

Sie lachen beide.

Sie hören auf zu reden und beginnen sich wieder zu küssen und zu umarmen.

Robert ist einfach versteinert.

Nach all den Jahren, in denen er ihr nahe war ...

Diese Worte erschrecken ihn.

Sie möchten Ihre Wut und Frustration der ganzen Welt mitteilen, aber es wäre unpraktisch, sich in diesem Moment Gehör zu verschaffen.

Am logischsten ist es, schweigend wegzugehen, und es ist eine Entscheidung, die im Kopf fast klar ist.

Er geht mit vielen Schwierigkeiten das Ufer hinauf und sucht nach einem Weg, der weniger steil ist als zuvor. dabei stolpert er über einen Ast mit dem daraus resultierenden Knall.

"Oh mein Gott, hast du das gehört, Monica?"

"Ich denke schon! Wer könnte es sein? Ist jemand gekommen, um uns auszuspionieren?"

Sie ziehen sich so wenig wie möglich an und wandern auf der Suche nach dem Eindringling durch die Bäume.

Robert ist auf der Flucht, an diesem Punkt beginnt er heimlich zu rennen, aber der Mann ist in Sekunden auf ihm.

In der Dunkelheit erkennt er den Kapitän der Schulfußballmannschaft.

Felix.

"Robert?"

"Was? Sag mir nicht, dass du hierher gekommen bist, um uns auszuspionieren!"

"... nn ... nein ... bitte Leute, so denkst du nicht, Monica ... ich ... ich bin hergekommen, nur um mit dir zu reden, ich habe ein Geräusch gehört und ich bin zum See gekommen, du hast mich nicht gehört, aber Ich habe dich angerufen ... "

Ein Schlag auf den Kiefer schneidet ihn abrupt ab.

"Du bist eine Art nutzloser Wurm, jetzt werde ich dir beibringen, MEINE Freundin auszuspionieren."

"... nein, Felix, bitte ..."

Ein Knie am Bauch bringt ihn noch mehr zum Schweigen.

Robert ist hilflos am Boden.

Aber mehr als der körperliche Schmerz ist es die qualvolle Demütigung, unter der er leidet, die ihn leiden lässt.

Monica nimmt Felix 'Hand, bevor sie ihn erneut schlägt.

"Hör auf, Felix!"

Robert hat eine Verschnaufpause. Vielleicht möchte Monica ihm zuhören und sich all der Nachmittage bewusst sein, die wir zusammen verbracht haben.

Nichts ist weiter von der Realität entfernt.

Sie geht halbnackt in Unterwäsche und einem leichten Trägershirt, das noch nass für das Badezimmer ist, auf ihn zu.

Der Kontrast zwischen ihr, groß, hübsch, stark, von gesunder Farbe, ein wenig gebräunt ... und ihm auf dem Boden, gebeugt über sich selbst, dünne Schultern und Arme, ein Bauch, der um die Taille wächst, eine Folge von Jahren. Vergangenheit, studieren.

Sie ist über ihm und sieht sie als einen Engel zu seiner Rettung.

Eine Traumvision, er träumt davon, sie zu küssen, seine Hände über diesen fantastischen Körper zu führen, der für immer mit ihr an einem einsamen Strand liegt.

Monica bringt ihn zurück in die Realität. Sie hebt ihn mit einer Hand an seinem Hemd hoch und sieht ihm direkt in die Augen.

"Felix, es ist sinnlos, deine Hände mit diesem Nichts schmutzig zu machen, ihn zu schlagen würde nur in Schwierigkeiten enden. Was dich betrifft, Unterarten von Mollusken, sprich nie wieder mit mir, ich war so naiv zu denken, dass du mir freundschaftlich nahe warst, aber ich hätte es getan Tatsache, dass ich sofort verstanden haben musste, woraus all dein Beharren gemacht war, Eifersucht, Besessenheit; Drucke diese Stimme und dieses Gesicht gut in deinem Kopf aus, denn du wirst nie wieder mit mir sprechen. Gott sei Dank werde ich nächste Woche gehen, um zu gehen Ein Ort, an dem ich hoffe, dass niemand bereit ist, mir "desinteressiert" Hilfe anzubieten und mich dann in meiner Privatsphäre auszuspionieren.

Wird verschwinden.

„Lass uns nach Hause gehen, Felix. ""

Robert auf dem Boden, der nicht zurückblicken kann, kriecht unter Tränen nach Hause.

Der körperliche Schmerz ist kaum zu spüren.

ZWEITER TEIL
SONIA UND MONICA

Vor 3 Jahren

Sie: Sonia, 18 Jahre alt, ihr Vater arbeitet als Angestellter, ihre Mutter ist Lehrerin für Molekularbiologie. Zwei gute Leute. Sie ist nicht schön. Zierlich, blass, es macht nicht viel aus, es ist weiblich genug, aber es ist sicherlich nicht provokativ. Sie ist ein intelligentes Mädchen, das von ihrer Mutter eine große Leidenschaft für Biologie und Genetik geerbt hat.

Sehr zurückhaltend und zurückhaltend, hat sie noch nie Jungen gehabt, nicht so sehr wegen ihrer körperlichen Erscheinung, nicht überschwänglich, aber nicht verwerflich, sondern weil sie sich NICHT für Jungen interessiert.

Seine Interessen beschränken sich auf Lesen, Forschung, Genetik. Ein kaltes, berechnendes und ungeselliges Mädchen.

Und von einem subtilen, angeborenen und unerklärlichen Sadismus.

Es kommt oft vor, dass er heimlich von seiner Mutter ins Labor geht, um nach einem Tier zu suchen und es ohne genauen Grund zu foltern. Er mag das Gefühl der Macht über das Opfer und den erfolglosen Versuch der stärksten Exemplare, seinem Schicksal zu entkommen.

Und dank seiner Fähigkeit, seine Grausamkeit zu messen, hat er nie jemanden getötet.

Ihre Lieblingsopfer sind die vitalsten und belastbarsten, sodass Sie sich ohne dauerhafte Konsequenzen mehr anstrengen können.

In diesem Sinne hätte sie nie gedacht, dass sie ein menschliches Exemplar foltern könnte, obwohl die Idee sie sehr verführt.

Bis zu diesem Tag.

Wir sind im April vor zwei Jahren.

Sonia bereitet sich widerwillig darauf vor, den Gymnastikunterricht mit ihren Klassenkameraden zu verfolgen.

Tödliche Langeweile und erhebliche Anstrengungen.

In den Aufwärmrunden im Fitnessstudio fällt er immer zusammen mit Robert, dem Besserwisser der Schule, zurück. Von Zeit zu Zeit sprechen sie miteinander und tauschen zwei Wörter aus, die über dies und das sprechen. Offensichtlich spüren sie keine gegenseitige Anziehungskraft, sondern bleiben nur während der Trainingsstunden in Gesellschaft.

Sie findet ihn sehr intelligent und stimmt ihm in vielen Aspekten des Alltags zu.

Es gibt nur eine Sache, die er nicht versteht: das Gefühl, das er für Monica hat, das gymnastisch, arrogant, dumm und vor allem unempfindlich, als "Ausbeutung" des armen Robert angesehen. Er versteht nicht, wie ein kluger Kerl so gehänselt werden kann und gleichzeitig hartnäckig und hartnäckig in seiner Besessenheit ist.

Sein ist reine Verachtung.

Es gibt jedoch etwas, das seine Gefühle verwirrt: Monicas Körper. Ist es möglich, dass die Natur so spöttisch ist, dass sie eine so oberflächliche, unempfindliche und dumme Person in eine so perfekte Hülle einschließt?

Manchmal merkt sie in der Umkleidekabine, dass er sie länger ansieht als er sollte, aber sie versteht nicht warum.

Diese blöde Stunde im Fitnessstudio geht zu Ende, wartet nur auf die letzte Übung auf der Stange und macht dann den Test im Biologieunterricht, der in zehn Minuten vorbei sein wird, von dem üblichen Genie Robert und dann von allen anderen, die es wird etwas länger dauern.

Es war diese kleine Schlampe Monica, die darauf bestand, dass sie auf die Stange klettern wollte, natürlich von allen anderen laut angefeuert.

Während Sonia sich darauf vorbereitet, vergeblich zu versuchen zu klettern, schlägt Mónica sie unwillkürlich und lässt sie mit einem allgemeinen Lachen ihre Nase gegen den Pfosten schlagen.

"Still Jungs, komm schon, mach diese Übung schnell, wir sind schon zu spät ..."

"Es tut mir leid ...", sagt Monica und klettert mit fast tierischer Leichtigkeit nach oben und steigt dann genauso schnell ab.

"Es tut mir leid, du verdammter Dummkopf" ... das denkt Sonia, aber sie denkt nur. Während sie sich an die Stange klammert und vorgibt, vergeblich zu klettern, beobachtet sie Monica auf der angrenzenden Stange: weißes T-Shirt, dunkle Shorts (wie in der Schuluniform), sichtbares Höschen und BH. Wenn ein Teil der Shorts nach oben geht, fällt sie aufgrund des Kontakts mit dem Stock herunter und legt einen schwarzen Tanga und einen Teil ihres weißlichen Gesäßes frei, die sich vor Anstrengung zusammenziehen. Auf dem Weg nach unten wird jedoch das Hemd angehoben, wodurch der Nabel und der flache Bauch freigelegt werden. In dem Moment, in dem er von der Stange tritt, macht er die Geste, sein Hemd anzuheben, um sein Gesicht zu trocknen, und zeigt die Perfektion seines Bauches.

In diesem Moment sieht sich Sonia mit ihren Instrumenten in ihrem Labor und Monica halbnackt, verschwitzt und keuchend, auf einem Tisch mit Schnüren und Riemen aller Art bewegungsunfähig, während sie darauf wartet, dass sie ihre Arbeit erledigt und versucht, sich auf verschiedene Weise zu winden wie ein Labortier ... "Ausreden sind nicht genug, du ekelhafte Schlampe, jetzt bringe ich dir Bildung bei".

Sie hatte von ihren Begleitern vom Orgasmus gehört, und tatsächlich hatte sie sich leicht gestreichelt und fühlte ein subtiles Vergnügen.

Aber in diesem Moment macht es ihm verheerendes Vergnügen, sich diese Szene vorzustellen, während sie sich an die Stange klammerte, als müsste er sich zurückhalten, um nicht zu schreien.

Seit diesem Tag hat sich sein Leben verändert, er sieht Monica als potenzielles Opfer seiner Fantasien und er freut sich darüber.

Tiere sind nicht mehr genug.

Ein paar Wochen später.

Wie dumm sich Sonia fühlt.

Ihre Besessenheit von Monica hatte sie der Klarheit beraubt.

Sie hätte sich vorstellen sollen, dass niemand ihr mit ihren bösen Spielen gefallen würde.

Und er hätte Monica nicht in sein Haus einladen sollen.

Andererseits wehrte er sich nicht. Nach dem Unterricht in den Badezimmern fand sie sie zum x-ten Mal vor sich und diesmal nackt, während sie duschte.

Während Monica mit geschlossenen Augen einseifte, aß Sonia diesen Körper in jedem Zentimeter und beneidete für einen Moment den Schwamm, mit dem sie sich gewaschen hatte.

Als die Fantasie durch ihren Kopf lief, bemerkten die anderen Mädchen Sonias Fixierung und kicherten.

Sie wurden nach fünf Minuten allein gelassen.

Monica: Warum dauert es so lange? Ich dachte, ich wäre der einzige, der eine lange Dusche liebte ...

"... wie? Oh ja ... nun, es ist entspannend."

Er wollte gerade losgehen und die Wasserhähne abstellen.

"Hey Monica, du hast noch etwas Seife auf deinem Hintern."

"Äh, danke! Was für ein Geist der Beobachtung! Jetzt gehe ich, dass ich heute Abend das Cross Country-Rennen habe. Wenn ich auch mit den Jungs gewinne, werde ich einen neuen Rekord aufstellen, weißt du?"

"Hey, du bist sehr sportlich und hübsch."

"Danke", lächelt er, er stellt sich keine Bosheit vieler Männer vor, geschweige denn einer Frau.

"Weißt du übrigens, dass viele Sportler Elektrostimulation verwenden? Benutzt du sie?

"Nun, vorerst nicht, obwohl ich davon gehört habe; ich weiß nicht viel darüber."

"Wirklich? Willst du mich besuchen kommen? Ich habe einige Geräte für Biologiestudien, weißt du. Ich kann dich sie ausprobieren lassen ..."

Sie war zu seinem Haus gegangen.

Wie zwei Freunde.

Sonia wagte es nicht, ihm zu sagen, dass sie diese Werkzeuge für ihre sadistischen Spiele mit Labortieren benutzte.

Sie hatten sich im Raum eingeschlossen.

"Jetzt. Zieh dich aus ..."

"Es tut uns leid?"

Sonia war nicht sehr kontaktfreudig und verstand nicht, dass einige Indizienwörter normalerweise gut schmecken, bevor sie auf den Punkt kamen.

"Nun ... nun ... waren Sie nicht hier, um die Elektrostimulatoren auszuprobieren? Ich muss sie überall anwenden. Sie können in Unterwäsche und BH bleiben, wenn Sie wollen."

Monica, ein bisschen genervt, begann sich auszuziehen, da sie im Grunde genommen dafür gekommen war, also machte sie keine Aufregung.

Sonia hatte fast die Kontrolle verloren, als sie ihr Hemd hochhob. Mit fast verfolgten Augen starrte er sein neues Labormeerschweinchen an.

"... hör zu, ich bin gestern dreißig Kilometer gelaufen, ich bin ein bisschen müde, vielleicht konnten wir deine Sachen nicht erst irgendwo ausprobieren und dann sehen, ob es weh tut?"

Dreißig Kilometer und sie ist ein bisschen müde, dachte Sonia. ein perfekter Athlet; In diesem Exemplar kann ich alles und mehr testen ... und schon war sein Verstand verloren in der Idee von allem, was er bei einer Frau wie dieser testen konnte: Müdigkeitstests, anhaltende

Stimulationen des Vergnügens gemischt mit Schmerz, Schwellenwertkontrollen, Schmerz ...

Sie wurde in ihren Gedanken von Monica unterbrochen, die sie wie in Trance sah

"Hey hi! Sonia, bist du hier bei mir?"

"Oh ja sicher, lass es uns versuchen ... auf dem Gesäß, okay"

"Buah ... auf dem Gesäß?"

"Warum? Ist es dir peinlich? Kann ich dir helfen ..."

Nachdem er viel Gel auf die Elektroden aufgetragen hatte, ordnete er sie sehr sorgfältig, fast wahnsinnig, auf dem Gesäß und einem Teil des inneren Oberschenkels an.

Sonia schien es nicht real zu sein, dass sie dieses Tier ungestraft berühren konnte, und sie musste es unterlassen, zu lange auf seinem Fleisch zu verweilen, um sie nicht misstrauisch zu machen. Aber die Position, in der sie mit gespreizten Beinen und leicht nach vorne gebeugten Beinen platziert worden war, wobei eine Hand ihr Haar still hielt und die andere in ihrer Unterwäsche auf dem Nachttisch ruhte, machte es unmöglich, die Festigkeit ihres Gesäßes und des Gesäßes nicht zu testen innerer Oberschenkel.

Monica bemerkte dies und schien ein bisschen verärgert zu sein.

Dann riss sich Sonia zusammen.

"Ok, jetzt sende ich dir 1 Sekunde Impulse auf Stufe 1"

Monica spürte ein Kribbeln, aber nichts bewegte sich.

Dann ging Sonia direkt zu Level 3.

Monica spürte, wie sich ihre Muskeln jede Sekunde zusammenzogen. Es überraschte sie zunächst, dann fand sie es fast angenehm.

Sonia sah, wie sich ihre Gesäßmuskeln und Adduktoren zusammenzogen und begann in eine Krise zu geraten. Am liebsten hätte er sie betäubt, ihr das Wenige abgenommen, sie gut gefesselt und schrittweise Stufe 10 in ihrem ganzen Körper erreicht.

Aber es war eine Fantasie.

Er brach fast zusammen, als er im Moment der Kontraktion kaum ein Stöhnen hörte.

War es möglich, dass sie ihn mochte?

Es sei denn...

Er hatte die ungesunde Idee ...

"Hör zu, da ich denke, dass es dir gefällt, können wir es am ganzen Körper versuchen?"

"Ah gut ja, ok"

Die Platzierung der Elektroden dauerte mehr als zehn Minuten.

Sonia wollte jeden Moment genießen, den dieser schöne Körper berührte.

Er hatte überall Elektroden angebracht.

Das kleinste in Bizeps, Trizeps, Kälbern.

Die etwas größer in Bauch, Rücken, Brust, Oberschenkeln, zusätzlich zu denen, die ich bereits hatte.

Mit einer unglaublichen Entschuldigung, die besagte, er müsse "Geräteerdung" anschließen, steckte er sie effektiv an einen Rahmen, der als Aufhänger im Labor verwendet wurde.

Und er hatte auch ihren BH entfernt und gesagt, "nur um sicher zu gehen", musste sie Sensoren für den Herzschlag in diesem Bereich platzieren. Auf diese Weise wickelte sie ihre Brustwarzen mit speziellen Elektroden ein und befestigte den Brustteil am Rahmen.

Das Ergebnis war, dass Monica in einer X-Form gefesselt war, mit einem praktisch nackten Körper, wenn nicht für ihren kleinen schwarzen Tanga, und den Elektroden, die an den meisten Teilen ihres Körpers vorne und hinten befestigt waren.

"... aber ... aber ... ich kann mich nicht bewegen"

"Auf diese Weise kann ich die Elektroden platzieren, wo ich will, und mit gestreckten Armen und Beinen funktionieren Ihre Muskeln besser."

Monica verstand nicht viel und es schien sehr seltsam, aber sie vertraute darauf.

Alle Elektroden wurden an eine Maschine angeschlossen, die Sonia mit erfahrenen Händen manipulierte.

Es begann mit Level 3 und 4.

Begeistert von diesem lebendigen Kunstwerk dosierte sie die Ebenen und Intervalle nach Belieben und bewunderte, wie praktisch alle Muskeln von Monica zu ihren Diensten waren.

Monica fand das etwas seltsam, aber das körperliche Gefühl war angenehm.

Es gab jedoch etwas, das sie in Sonias Augen störte, sie schien fast begeistert zu sein.

"Nun, interessant, Sonia." Ich habe Sie nicht gefragt, wie lange diese Sitzungen normalerweise dauern. Nein, ich sage es dir, weil ich heute Abend ein Date habe und nicht will ...

Sie wurde von einem Knebel zum Schweigen gebracht, den Sonia mitten in Ekstase heftig in ihren Mund steckte und sie noch mehr gegen die Struktur bewegungsunfähig machte.

"Halt die Klappe, Schlampe!"

Monica, fast ungläubig, versuchte sich zu befreien, aber ohne Erfolg. Aus dem Knebel strahlte sie fast tierische Geräusche von unkontrollierter Wut aus, als Sonia sich ihr näherte.

Er fing an, sie zu lecken, zu küssen und an jedem Punkt ihres Körpers zu knabbern.

Und was sie am meisten aufregte, waren die Ausbrüche von Rebellion und Abscheu bei ihrem Meerschweinchen.

Während der nächsten fünf Minuten erhöhte er den Pegel auf 7 und sah, wie sich ihre Muskeln unnatürlich zusammenzogen, und der Schweiß erhöhte die Leitfähigkeit der Elektroden weiter.

Monica ging von einer Stimmung zuerst zu ungläubigem Zorn über, dann zu Panik und schließlich ... fast zu Erregung. Wie war es möglich, von einer so verdorbenen Frau angemacht zu werden? Darüber hinaus sagte ihm sein Körper in heftigen Krämpfen etwas anderes.

Sonia hatte bemerkt, dass der Tanga nass geworden war und teuflisch lächelte. Er kam herüber und begann mit dem Tanga zu spielen, um ihn zu entfernen.

Monica wollte jedoch unbedingt verzweifelt aus dieser Situation herauskommen, und die Vernunft setzte sich durch.

Mit einer unglaublichen Anstrengung gelang es ihm, einen Teil der Metallstruktur zu brechen und seine rechte Hand zu befreien.

Dann entfernte er den Knebel und begann mit so viel Atem wie möglich im Hals zu schreien, wobei er alle Elektroden abriss.

Sonia fand sie vor sich frei und bekam einen Tritt ins Gesicht, der sie ohnmächtig machte.

In Panik floh Monica mit ihren Kleidern.

In einem Moment der Klarheit dachte er daran, die Polizei zu alarmieren, sobald er nach Hause kam.

Jetzt sind Sonia und Monica auf der Polizeistation.

Monica hatte Sonia wegen sexuellen Übergriffs verklagt und in jedem Detail die Wahrheit gesagt. Sonias Haus war jedoch isoliert und niemand hatte gesehen, wie sie in diesem Zustand gegangen war, noch hatte jemand sie schreien hören. Darüber hinaus war die Geschichte nicht sehr glaubwürdig, da die Polizei es seltsam fand, dass eine starke Frau wie sie von einer dünnen wie Sonia bewegungsunfähig gemacht wurde. Und dann hatte die "Behandlung" keine Spuren in seinem Körper hinterlassen, der jetzt in perfekter Gesundheit war.

Sonia verfluchte sich.

Was war ihm eingefallen?

Greife sie so an.

Es war sicherlich ein Traum, sie auch nur für ein paar Minuten zu haben, aber jetzt?

Monica wird ihr nie wieder vertrauen.

Der Spott der Gefährten und die Meinungen der Menschen interessierten ihn nicht. Was sie am meisten störte, war, die Kontrolle verloren zu haben und in eine gefährliche Situation geraten zu sein.

Er hätte sicherlich nicht vorhersagen können, dass das tobende Tier einen Teil des Metallrahmens zerbrechen würde, aber mit einem solchen Körperbau ...

Sie versprach sich, dass sie in Zukunft tausendmal vorsichtiger sein würde. Weil sie immer noch entschlossen ist, ihre Fantasie zu verwirklichen.

Im Moment beschränkt sie sich darauf, mit der unangenehmen Situation umzugehen: In Ermangelung von Beweisen beschuldigt sie Monica, sie mit einem Tritt angegriffen zu haben, nachdem sie sie fast ausgezogen hatte, um sie zu verführen. Die Version von Sonia mit ihrem Aussehen des typischen Mädchens mit guten Manieren und aus einer guten Familie, die durch die durch Monicas Tritt verursachte Wunde an der Lippe gestützt wird, ist in den Augen der Polizei, die einen Angriff von Monica nachher vermutet, wahrscheinlicher eine Ablehnung von Sonia.

Nach mehrtägigen Ermittlungen, so die Befragten, endet alles aufgrund fehlender Beweise in einer Pattsituation.

Sonia seufzt befreiend erleichtert in sich hinein; nach einem ängstlichen und empörten Ausdruck vor den Kommissaren. Sobald er draußen ist, sieht er Monica mit einem bösen und lustvollen Lächeln direkt in die Augen, als wollte er sagen: Hast du gesehen, dumme Schlampe, wozu bin ich fähig? In seinen Augen bist du fast schuldiger als ich. Wisse, dass du früher oder später MIA sein wirst ...

Monica ist verwirrt.

Er erkennt, dass er naiv und rücksichtslos gehandelt hat.

Erst vor wenigen Tagen entdeckte sie, dass Robert, ihr Kommilitone, Hintergedanken hatte und sie ausspionierte, während sie mit Felix vertraut war.

Und jetzt macht diese Klassenkameradin sie bewegungsunfähig, um sie zu foltern. Zum Glück hatte er die Kraft, sich zu befreien, sonst ... versuche nicht darüber nachzudenken, was passiert sein könnte. Abgesehen von diesem Zustand der Aufregung, als sie dieser verrückten Frau hilflos ausgeliefert war?

Denken Sie besser nicht darüber nach und denken Sie an Ihre Zukunft als Sportler, indem Sie wieder trainieren.

Und ohne Elektrostimulatoren ...

Kleine Klammer

Eine Woche danach.

Monica teilte ihre Version mit ihren Klassenkameraden / Freunden. Viele Menschen glauben Monica, sie ist ein sehr geliebtes und angesehenes Mädchen, nicht nur ein Objekt des Neides und der Begierde.

Sonia hat keine Freunde, sie ist ein schüchternes Mädchen. Infolgedessen kümmert er sich nicht um das abfällige Aussehen der Menschen. Er spielte wieder seine kleinen Spiele mit Labortieren und Meerschweinchen.

Heute ist ein Tagesausflug in den Park geplant.

Sie wird alleine sein und zusehen, wie die Jungen und Mädchen herumscherzen, Spiele spielen und sich gegenseitig umwerben, einschließlich Monica.

Seltsamerweise begann sich an diesem Tag, nachdem sie im Park im See geschwommen war, eine Gruppe von Mädchen mit ihr zu treffen, um über dies und das zu sprechen.

Zusammen gehen sie im Wald spazieren.

Wenn sie sich einem lauten Wasserfall nähern, hören sie auf zu reden.

Sonia hat Angst vor dem Aussehen ihrer unwahrscheinlichen Freunde.

"Jetzt wirst du eine kleine Lektion haben"

Sie wird auf den Flügeln getragen, unfähig zu rebellieren, hinter einem Felsen, verängstigt.

Monica wartet hinter dem Felsen auf sie.

"Es ist alles deine, Monica, gib ihr eine gute Lektion, wir werden am Eingang bleiben, um zu verhindern, dass sich jemand nähert, obwohl der Ort fast unbekannt ist; in ungefähr zwanzig Minuten werden wir für dich zurückkommen; viel Spaß."

Sonia ist in einem Zustand des Terrors.

Die imposante und schöne Figur des Objektes ihrer Wünsche ragt einen Meter von ihr ab. Aber es ist nicht das, was Sie möchten. Sonia möchte, dass sie gefesselt wird, jetzt sind sie allein und nur Gott weiß, was passieren wird.

Monica zieht Shorts und T-Shirt aus und bleibt im Bikini.

Er nähert sich Sonia, die sie für einen Moment als Geliebte sieht und auf die Knie fällt, um sie zu bewundern.

Als er Monica so sieht, denkt er nicht mehr, macht er die Geste, ihren Nabel zu küssen.

Als Antwort erhält er einen Tritt in den Bauch.

"Jetzt zieh dich aus, BITCH"

Ohne seine Absichten zu verstehen, gehorcht er ohne zu zögern.

"Vollständig"

Monica zieht auch ihre neuesten Kleider aus.

"Keine komischen Ideen, Schlampe, ich will meine Klamotten nicht nass machen."

Die beiden nackten Mädchen sind ein offensichtlicher Kontrast zwischen ihnen; Schönheit und Hässlichkeit, Stärke und

Zerbrechlichkeit, überschwängliche Sinnlichkeit und beschämende Schüchternheit.

Monica zieht sie an den Haaren zum Wasserfall und wirft sie ins Wasser, um ihr nachzutauchen.

Er nimmt sie am Hals und hebt sie hoch.

"Jetzt in diesen zwanzig Minuten werde ich mich ein wenig rächen, Schlampe, und ich hoffe, besonders für dich, dass du nie wieder mit mir sprichst ... ah, mach dir keine Sorgen, ich werde keine sichtbaren Zeichen hinterlassen, damit du mich meldest."

Sonia sieht ihr ehemaliges Meerschweinchen mit Nostalgie und Bewunderung an.

Als sie sich mit den Händen um den Hals beugt, sind ihre Augen voller Wut. In dem Bemühen, sie zu heben, zieht er jeden Muskel in seinem prächtigen Körper zusammen.

Sonia sieht Monica in all ihrer Pracht und in all ihrer Wut, auch wenn sich die Situation im Vergleich zum letzten Mal umkehrt.

Während der nächsten 20 Minuten senkt Monica Sonias Kopf mehrmals und bringt sie an ihre Grenzen. Während er es hält, schlägt er es auch ein paar Mal. Sie müssen Ihre Wut darüber ablassen, dass Sie das Gefühl der Verletzlichkeit erlitten haben, das Sie im Haus der Hure empfunden haben. Und vor allem wegen dieser sinnlosen Aufregung, die er gefühlt hatte.

Selbst in diesem Moment wundert er sich, warum er sich komplett ausziehen musste, der Badeanzug wäre in der Hitze getrocknet.

Und wenn sie nackt und allein mit diesem perversen Wesen ist, wird sie wieder aufgeregt.

Dies macht sie noch wütender und führt dazu, dass sie ihren Kopf einige Momente länger unter Wasser hält, als sie sollte.

Sonia schluckt Wasser und beginnt krampfhaft zu husten.

Monica bleibt stehen und sammelt sich.

In diesen Minuten leidet Sonia körperlich, aber sie weiß eindeutig, dass Monica ihr nur eine Lektion erteilen will. Und das beruhigt sie.

Und dieses Tier in all seiner Wut zu sehen, macht sie an und überlegt, was es ihm antun könnte, wenn er in der richtigen Verfassung ist.

"Jetzt geh weg"

Sagt Monica ein wenig schockiert von der unerklärlichen Emotion, die sie kurz zuvor gefühlt hat.

Sonia sieht sie an, zieht sich an und fragt sich, ob Monicas Brustwarzen wegen des kalten Wassers oder aus anderen Gründen so aufrecht sind.

Die Augen treffen sich und Sonia hat wieder dieses teuflische Licht in ihren Augen.

-Ich möchte es haben-

Monica denkt an Sonia.

Sie geht, hustet und wirft mörderische Blicke auf die diensthabenden "Freunde".

Monica weiß, dass ihre Freunde zu ihr kommen, wenn sie sie anschreit.

"Lass sie in Ruhe!"

Die Freunde verstehen den schwierigen Moment und ziehen sich zurück.

In der Einsamkeit des Wasserfalls ringt Monica mit ihren Instinkten.

Sie ist nackt im Wasser; In jüngster Zeit lassen ihn Ereignisse mit Robert und Sonia verstehen, wie sehr ihre schockierende Schönheit die Menschen beeinflusst.

Er fühlt sich fast schuldig.

Und unangenehm.

Sie fühlt sich beobachtet.

Er dreht sich zur Spitze des Wasserfalls um.

Ein verstohlener Schatten flieht und zieht sich in einen Busch zurück.

Monica, immer noch schockiert von dem, was passiert ist, erreicht mit einem erstaunlichen Sprung schnell den Busch oben auf dem

Wasserfall und schafft es, den ahnungslosen "Bewunderer" zu fangen ... Robert.

"Wie? Du schon wieder?"

Monica ist beeindruckt davon, wie sehr sie immer mehr Gegenstand unerwünschter Aufmerksamkeit ist.

Robert hat nichts zu sagen, diesmal weiß er, dass er falsch liegt und es ist völlig ungerechtfertigt.

Monica schlägt ihn mitten in einer unkontrollierten Wut mit zwei Fäusten und drückt mit Gewalt auf seinen Hals.

"Verdammt! Kannst du wissen, was du von mir willst? Ich möchte nur, dass du mich in Ruhe lässt. War die Seestunde nicht genug für dich?"

Robert, der nicht reagieren kann, ist am Boden. Die Hände seiner Geliebten umklammern seinen Nacken, als sie nackt auf ihm auf ihm sitzt. Trotz der gefährlichen Situation, als er diese wilde Schönheit sieht, kann er nicht anders, als seine Hände über Monicas nackten Körper zu strecken, sich anzuschalten, jetzt hat er nichts zu verlieren.

Monica versteht die Situation kaum und als sie eine unverkennbare Ausbuchtung in den Boxershorts des Jungen bemerkt, die durch das Aussehen des Individuums abgestoßen wird, gibt sie ihm einen festen Tritt in die unteren Teile, was ihm unbeschreibliche Schmerzen verursacht.

Die Situation, in der sie nackt auf einem Jungen auf dem Boden liegt, kombiniert mit den Ereignissen von kurz zuvor, löst bei dem Mädchen erneut eine seltsame Aufregung aus, die fast fasziniert ist von ihrer Kraft und Stärke und von der Wirkung, die sie auf die Menschen hat.

Er verdrängt den Gedanken mit aller Kraft und flieht, wobei ein körperlich vernichteter Robert am Boden liegt.

Was ihm gerade passiert ist, dieser heftige Tritt, verursacht unerträgliche Schmerzen in seinen unteren Teilen.

Der Gegenstand seines Verlangens ist für ihn zunehmend unerreichbar und er fällt immer tiefer

In letzter Zeit hatte er herausgefunden, was zwischen Sonia und seinem Objekt der Begierde geschah.

Das stört ihn sehr. Vor allem fragt er sich, wie Sonia es geschafft hat, Monica davon zu überzeugen, so einzufrieren. Dann die Geschichte der Elektrostimulatoren ... er schämt sich, wenn er nur daran denkt.

Er verspürt Neid auf dieses seltsame schlanke und hässliche Mädchen mit einer Leidenschaft für Genetik: Er dachte, er hätte sie, wenn auch nur für ein paar Minuten und auf böse Weise.

Und wie viel hätte er gegeben, um mit ihr allein in diesem Haus zu sein, mit ihr völlig nackt und gefesselt?

Aber woran denkt er? Nein, über diese Dinge nachzudenken wird dir nur weh tun.

Ein würdiger Rücktritt ist besser.

DRITTER TEIL
MONICA UND IHR KOSTÜM

47

2018 - Der Sport

Niemand, der Monica in den letzten Jahren gesehen hat, ihren Körper, zu dem sie fähig ist, selbst im Wettbewerb mit den Jungs, hätte den geringsten Zweifel, dass sie alle Qualifikationen hat, um eine absolute Sportlerin zu werden. Mit 21 scheint es fast so, als ob er zeitweise die Gesetze der Physik übertrifft. Was an ihr überrascht, ist die Tatsache, dass sie sich sowohl in Disziplinen auszeichnet, in denen Kraft erforderlich ist (wie Kugelstoßen, Speerwurf), als auch in Geschwindigkeitsdisziplinen wie Laufen; Sie schafft es, schwarzen Athleten in reinen Geschwindigkeitsdisziplinen einen Schritt voraus zu sein, was bei den Athleten um sie herum Erstaunen, Bewunderung und sogar Neid hervorruft.

Das Schwimmen ermöglicht es ihm, in Form zu bleiben, aber selbst in dieser Disziplin ist er hervorragend und schafft es, mit den meisten Jungen Schritt zu halten.

Die Disziplin, in der er es schafft, alles mit außergewöhnlichen Ergebnissen zu kombinieren, ist Stabhochsprung, so dass er sich mehr auf diese Spezialität konzentriert, mit ein wenig Bedauern, dass er nicht in allen Disziplinen mithalten kann (was er leicht tun kann).

Ihre Beziehung zu Felix endete vor langer Zeit, trotz der Anziehungskraft, die sie fühlte, konnte sie seine Eifersucht nicht ertragen; Andererseits versteht sie, als sie sich im Spiegel sieht, dass niemand aufhören kann, sie zu bewundern. Aber so ist es besser, in diesem Moment fühlt sie sich gut und frei.

Nur aus beruflicher Sicht fehlt etwas. Es ist wahr, dass sie sich auf die Olympischen Spiele vorbereitet, die bereits ziemlich berühmt sind, dass ihr vorgeschlagen wurde, zu Fuß zu gehen, für Kalender zu posieren ... und dennoch fühlt sie sich von diesem Leben des Trainings und Rennens fast gefangen.

Möchte mehr Zufriedenheit haben.

Die Geburt des Superhelden

An einem Sonntag wie jedem anderen sieht sie nach einem Samstag in einer Disco mit Freunden und einer wundervollen Nacht der Liebe mit einem Jungen, den sie am selben Abend getroffen hat, fern und ist fasziniert von einer Serie, in der sich drei wunderschöne Mädchen verkleiden einen engen Anzug und ... sie stehlen.

Monica hat keine finanziellen Probleme, obwohl sie nicht in Gold segelt, aber ihr Wunsch, neue Emotionen auszuprobieren, überwiegt.

Eines Nachts zieht sie einen engen dunkelgrauen Badeanzug an.

Du trägst es mit nichts darunter.

Bereiten Sie auch eine Gesichtsbedeckung vor, die ebenfalls eng anliegt.

Ihre erste "Mission" ist es, die Stadt zu erkunden.

Wie geht das, ohne gesehen zu werden?

Seine sportlichen Fähigkeiten helfen ihm ... und seine Achse auch.

Um zwei Uhr morgens kommt sie lautlos aus dem Fenster der Residenz, ohne entdeckt zu werden, was auch durch die Farbe des Anzugs unterstützt wird.

Obwohl er so nicht gut gesehen werden kann, beschließt er, die weniger überfüllten Gebiete zu durchqueren.

Dächer sind die einfachsten Orte, um alles unter Kontrolle zu bringen.

Monica ist zufrieden mit sich selbst: Die Idee, mit Hilfe einer Stange von Decke zu Decke zu springen, ermöglicht ihr nicht nur, die Situation unter Kontrolle zu haben, sondern ermöglicht ihr auch, noch mehr zu trainieren (als ob sie es brauchte).

Nach der ersten Nacht der Patrouille kommen weitere, aber bisher scheint es eher ein Spiel zu sein.

Eines Nachts merkt er, dass eine Gruppe von Kriminellen in einen Supermarkt einbricht.

Der gesunde Menschenverstand fordert Sie auf, die Behörden zu warnen ... aber Ihr Mut überwiegt.

Mit einem erstaunlichen Sprung landet er auf dem Dach des Supermarktes.

Er schleicht sich durch ein Fenster und beobachtet vier Männer in leeren Kisten mit Skimasken.

Sie weiß nicht, warum sie dort reingekommen ist. Was kann sie jetzt tun? Vielleicht nur Neugier oder der Wunsch, sich selbst zu testen.

Seine Bewegungen werden durch die Tatsache unterstützt, dass das Licht aus ist und die Kriminellen sich seiner Anwesenheit nicht bewusst sind. Aber etwas Unerwartetes passiert: Derjenige, der der Chef zu sein scheint, sagt etwas zu seinem Partner, der zum Armaturenbrett geht und alle Lichter anmacht: Er hat offensichtlich seine Anwesenheit bemerkt.

Mit dem Herzen im Hals kauert Monica hinter der gekühlten Theke und versucht, schnell den Ausgang zu gewinnen.

Einer der vier sieht es!

"Hey, du hörst auf ..."

Monica versucht, dem Mann zu entkommen, und es gelingt ihr, sehr schnell zu sein. Sie beschließt, zu dem Fenster zurückzukehren, durch das sie eingetreten ist. Sie hat bereits einige Meter zwischen sich und den Mann gesetzt, als sie um eine Ecke den Chef und einen anderen trifft, beide mit einer Waffe auf sie gerichtet.

"Spiel ist aus"

Jetzt sind vier um sie herum und Monica verflucht sich für ihre Rücksichtslosigkeit und Dummheit.

"Jetzt sag mir wer du bist und was machst du hier währenddessen mit deinen Händen auf deinem Kopf?"

Jetzt, wo Monica mit den Händen über dem Kopf ist, hebt der enge Overall ihre geschwungenen Formen, ihre prallen und festen Brüste, ihr geformtes Gesäß, ihre muskulösen Arme und die Tatsache hervor, dass sie Angst hat, mehr als die Müdigkeit des Laufens schnell und kurzatmig atmen. Fühle die Augen der Mobber auf sie.

"Du bist eine Frau, was? Interessant, jetzt, während ich diese Waffe auf dich zeige, zieh das süße Kostüm aus, fang mit deinem Gesicht an, ich will dich im Gesicht sehen."

Monica weiß nicht, was sie tun soll ... die Diebe haben Skimasken, die Kameras sind kein Problem für sie, aber sie ... ihr erkanntes Gesicht, ihr Foto in den Zeitungen, ihre ruinierte Karriere, die Lächerlichkeit der Menschen ... ist versteinert und unfähig, klar zu denken.

"Nun, an diesem Punkt ... ihr zwei, haltet sie fest."

Die beiden nähern sich ihr, nehmen ihre Arme und halten sie fest hinter ihrem Rücken. sie fürchtet das Schlimmste.

"Boss, sie ist etwas größer als wir und sieh dir ihre Arme an ... wäre es nicht besser sie zu fesseln?"

"Genug, denk daran, dass wir vier sind und dass sie nur eine Frau ist, Feigling."

Der Chef nähert sich mit der Pistole und zeigt auf die Entfernung der Maske.

Monica streckt an diesem Punkt, ihrem Instinkt folgend, ein starkes Knie in Richtung der unteren Teile des Mannes, wirft die beiden, die sie an die Wand hielten, mit Gewalt und nimmt sie wie zwei Zweige von sich. Dann packt er den wunden Kopf des Chefs und wirft ihn gegen die Wand in Richtung des Raumes, in dem die Waffe auf ihn gerichtet war.

Mit einem Sprung ist er auf den beiden, nimmt die Waffen und drückt sie, beginnt die beiden Unglücklichen zu schlagen und zu treten, wodurch sie ohnmächtig werden.

Die restlichen zwei, die ihre Arme halten, werfen sich mit zwei Eisenstangen auf sie. Der erste wird durch einen Tritt in die Nase neutralisiert, der zweite schafft es, Monica in den Bauch zu schlagen. ungläubig sieht er, dass das Mädchen den Schlag spürt und für einen Moment zusammenbricht, aber in einer Sekunde ist sie auf den Beinen und entwaffnet ihn. Jetzt ist er der einzige, der nicht bewusstlos ist, aber

Angst hat: Wer könnte nach einem solchen Schlag wieder auf die Beine kommen?

Monica packt ihn am Hals und knallt ihn gegen eine Wand. Sie selbst ist fasziniert von seiner Stärke und Kraft. Sie erinnert sich an die Situation, das Gefühl mit dem Rücken zur Wand, mit vier Männern gegen sie, von denen zwei bewaffnet sind, ihre gierigen Blicke auf ihren grauen Anzug, das Bewusstsein, siegreich zu sein, sie erregen sie wieder ... das gleiche Gefühl das hatte sie vor ein paar Jahren beunruhigt. Das Ding stört sie, sie drückt den Hals des Opfers fest ...

Sirenen unterbrechen alles.

Monica erkennt die Gefahr entdeckt zu werden und entkommt schnell.

"Warte ... aber wer ist es, das Ding in Grau, es sah aus wie eine Frau ... Jungs, komm her, da sind vier bewusstlose Räuber auf dem Boden, schau es dir an."

Monica ist sehr schnell, Adrenalin hilft ihr.

Erreichen Sie die Decke und springen Sie mit der Stange von einem zum anderen. Das Geräusch der Sirenen wird leiser.

Als er ein dünn besiedeltes Gebiet erreicht, steigt er von den Dächern ab und rennt mit halsbrecherischer Geschwindigkeit mit der Hand in Richtung Residenz zur Residenz.

Wie durch ein Wunder wird sie nicht entdeckt und fällt mit großer Erleichterung in ihr Zimmer.

Sie ist ein bisschen schockiert, aber es geht ihr gut.

Aber was passiert mit ihr?

Er will verstehen.

Sie geht zum Spiegel, nimmt ihre Maske ab, sie ist immer noch verkleidet.

Er zieht auch seinen grauen Anzug aus und schaut auf seinen nackten Körper; Sie ist verschwitzt vom Laufen. Ihre Erinnerungen fliegen zu ihrer ersten "Patrouille", dann zu der Begegnung mit den Dieben, den Waffen, die auf sie gerichtet sind, ihrer verheerenden

Reaktion ... und vor ein paar Jahren wieder ... diesem bösen Mädchen, das sie bewegungsunfähig macht und foltert. Und sehen Sie den, der gewaltsam freigelassen wurde ... den, der den Kopf des Mädchens unter Wasser hält, den, der "Voyeur" Robert trifft.

Es wird beobachtet, wie ihre Hand sich streichelt, auf dem Boden rollt, ihre Brüste fest zusammendrückt ... und ein nie zuvor erlebtes Vergnügen erreicht.

Sie ist verärgert.

Nicht einmal glücklich.

Aber er ging gern nachts durch die Stadt ...

Am Tag nachdem die Nachrichten und Zeitungen über die Geschichte gesprochen haben, wird ein Video, in dem sie sich grau gekleidet auf die Verbrecher stürzt und flieht, wiederholt auf verschiedenen Sendern und im Internet gezeigt.

"Die Diebe enthüllen, wenn sie befragt werden, wie dieser" graue Geist "aus dem Nichts kam und wie seine außergewöhnliche Stärke es ihm ermöglichte, sie auszuschalten ... jetzt jubeln die Leute bereits einem unwahrscheinlichen Superhelden zu" "Fantastic Girl", lautet der Name mehr beliebt ... wer ist das? Warum macht er das? Wie kann es so stark sein? Alle Fragen, die im Moment keine Antwort haben ... "

Monica liest den Artikel und lächelt, weil sie weiß, dass sie ihn nicht auf sie zurückführen können.

Fantastic Girl mag ...

Natürlich wird die Polizei nach ihr suchen, sie ist immer noch jemand, der die Gesetze nicht respektiert, nachts die Fenster von Supermärkten heruntergeht und selbst Gerechtigkeit nimmt ...

Er beschließt, ein paar Wochen zu warten, bevor er wieder "ausgeht".

Dezember 2018 - Die Gefangennahme

Es ist ein paar Monate her, seit Fantastic Girl geboren wurde.

Monica ist erstaunt, dass ein externes Komitee auf dem Campus eine Reihe von 16- bis 35-jährigen Mädchen zusammengebracht hat, die eine große körperliche Stärke haben und mehr oder weniger die gleiche Größe und Hautfarbe haben.

Der Termin ist auf dem Leichtathletikfeld, wo eine Reihe von Mädchen gebildet wird, so dass sie nacheinander in einen Raum eintreten und dort sitzen, ein paar Worte mit einer Dame austauschen und sofort danach gehen.

Monica ist ratlos, betritt aber leise den Raum.

Eine Frau in den Fünfzigern sitzt mit einem seltsamen Handy auf dem Tisch auf dem Stuhl (dieses Modell hat sie noch nie gesehen).

Jetzt erkennt er die Frau, seit er Zeuge ihres Verhörs für die Episode mit Sonia geworden war.

Nachdem er Monica von Kopf bis Fuß mit einem seltsamen Blick beobachtet hat, fragt er sie nach Informationen, Namen, Adresse, Alter usw. ...

Die letzte Frage überrascht sie:

"Kennst du Fantastic Girl?"

Monica ist ungläubig, was ist das für eine Frage?

Nach einem Moment der Unentschlossenheit:

"Nun ja, ich weiß, dass sie eine Art Superheld ist, der in letzter Zeit die Stadt 'beobachtet' ..."

Die Dame unterbricht sie.

"Nun ja, tatsächlich ist sie nützlich für die Gemeinde, auch wenn sie immer noch ein Gesetzloser ist. Deshalb würde die Polizei sie gerne befragen, aber sie scheint nicht sehr geneigt zu sein, verhaftet zu werden. Es ist eine Schande, dass die Polizei gerne mit ihr zusammenarbeiten würde ..."

"Ich verstehe, aber warum bist du hergekommen?"

"Nun, es ist einfach, die wenigen Daten, die wir über Fantastic Girl haben, sind, dass sie eine Frau ist, dass sie stark, groß, sportlich ist und in dieser Region operiert ... Nehmen wir an, wir nehmen Daten über potenzielle Heldinnen auf, über die wir uns keine Sorgen machen müssen. .."

Die Dame schaut auf das Handy.

"Bist du ein Fantastic Girl?"

Monica deutet auf ein falsches Lächeln.

"Aber lass uns nicht scherzen, natürlich nicht!"

Die Dame schaut auf das Handy.

"Okay Monica, du kannst gehen."

Monica ist besorgt, obwohl sie keine Beweise haben, um sie zu finden.

In den letzten Monaten war sie immer vorsichtig.

Seine Patrouillen waren sehr diskret, nur als er auf etwas Ernstes stieß, wie Überfälle, Raubüberfälle, Gewalt, griff er schnell und tödlich ein: Er kann sich nicht erinnern, wie viele Räuber, Vergewaltiger und Räuber er relativ leicht niedergeschlagen hatte.

Mehrmals stieß sie auf die Polizei, deren Ziel es jedoch war, sie festzunehmen, doch sie floh schnell.

Auf jeden Fall verfolgten die Polizisten sie als eine Art zu sprechen, mehr aus Pflicht; Immerhin war eine solche in der Stadt für sie bequem. Aus diesem Grund scheint es noch seltsamer, dass einige "externe Kommissionen" sich die Mühe machen zu verstehen, wer Fantastic Girl ist.

Und dann schien diese Dame sehr, zu sicher zu sein.

Auf jeden Fall hätte sie dieses Leben niemals aufgegeben: Jedes Mal, wenn sie dieses Kostüm anzog, gab es zu viel Befriedigung, zu viel Adrenalin.

In den letzten Monaten hat er sein Training deutlich intensiviert und (wenn nötig) seine Kraft und vor allem seine Elastizität noch weiter verbessert.

Er wusste nicht, dass sein Körper so weit gehen konnte, er hatte mehr verborgenes Potenzial entdeckt und Muskeln in Bereichen aufgebaut, die er sich nie vorgestellt hatte.

Und wenn sie leise von den Dächern der Häuser herabstieg, um Kriminelle zu überraschen und sie auszuschalten, obwohl die Klugheit etwas anderes vorschlug, zog sie es immer vor, entdeckt zu werden, dann ihre Stärke zu zeigen und vier oder fünf gleichzeitig auszuschalten. Das Erstaunen der Unglücklichen, ihre Angst und das Bewusstsein ihrer Macht verursachten ihm seltsame Empfindungen, ähnlich denen, die er hasste, als er mit Sonia oder Robert zusammen war.

Der heutige Abend war wie jeder andere.

Diebe in einem Einkaufszentrum.

Es gibt keinen Schatten einer Polizeipatrouille.

Es ist ihr Moment.

Er tritt ein und sieht im Dunkeln sieben bewaffnete Männer.

Diesmal wird es schwierig, aber er hat bereits mehr von ihnen mit seiner außergewöhnlichen Stärke und Beweglichkeit besiegt.

Und so passiert es.

Er taucht aus dem Nichts auf, erwischt die sieben Männer unvorbereitet und schlägt sie mit Leichtigkeit aus.

Aber er hatte den achten nicht gesehen, der die Szene von oben gesehen hatte.

Ein Pfeil steckt in seinem Arm; niemand hatte sie jemals geschlagen. Nach zwei Sekunden sind Sie bereits bewusstlos.

In dieser Nacht scheinen die Bullen nicht zu würdigen, dass sie Fantastic Girl "gefangen" haben, so sehr, dass sie bereits über die

Möglichkeit diskutieren, nicht zu enthüllen, dass sie bereits vor Ort bewusstlos war, um Kredite aufzunehmen und als Helden zu gehen.

Auf jeden Fall legen sie ihr Handschellen an und bringen sie in die Zelle, um am nächsten Tag verhört zu werden.

Monica wacht in ihrer Zelle mit Handschellen, in ihrer Verkleidung und ... ohne Maske auf.

Sie ist wütend, aber mit sich selbst. Zu selbstbewusst und leicht in der Schauspielerei, zu selbstbewusst in seinen Gymnastikqualitäten.

Jetzt wird ihre Identität der Presse bekannt gegeben und leider werden sich viele Dinge für sie ändern.

Ich konnte die Wachen streiten hören.

"Nachdem die Fotos von Fantastic Girl veröffentlicht wurden, wird die Presse die Geschichte verbreiten, wie wir sie gefangen genommen haben. Ich habe bereits einen Journalistenfreund angerufen, die Fotos sind im Archiv. Sie tut mir ein wenig leid; aber in der Zwischenzeit danach Dass sie für die Stadt getan hat, wird kein Richter den Mut haben, sie zu verurteilen, nicht einmal eine Geldstrafe zu zahlen. Das einzige ist, dass jetzt jeder weiß, wer sie ist. Monica G. ist ein Fantastic Girl, wer hätte das gedacht? Sicher, jetzt erklären wir es körperliche Stärke ...

Hey, hör auf, wer bist du? Niemand kann hier eintreten ... "

Ein dumpfer Schlag. Ein Schlag. Noch ein dumpfer Schlag.

Sieben Männer in blauen Anzügen treten bewaffnet ein, öffnen die Zelle und richten seltsame Waffen darauf. Ein Pfeil trifft sie und sie wird ohnmächtig.

Am Tag danach in den Zeitungen::

"SENSATIONAL: Fantastic Girl entpuppt sich als das Versprechen der Weltathletik Monica G., die von allen wegen ihrer sportlichen Begabung, nicht zuletzt wegen ihrer Schönheit, als fast fremd angesehen wird. Aber am Tag der Gefangennahme schafft sie es irgendwie zu fliehen, vielleicht mit Hilfe Tatsache ist, dass sie zwei Wachen neutralisiert hat und geflohen ist. Niemand findet sie, sie ist nicht zum Training erschienen. Die Polizei hat bereits den Grenzalarm ausgegeben. Die Wahrheit ist, dass sie, bevor sie eine von allen geliebte Heldin war, nach dem Töten war zwei Offiziere sind des Mordes schuldig ... "

VIERTER TEIL
ROBERT UND SONIA

2018 - Karriere, Mitschuld

Wer hat nicht davon geträumt, ein CIA-Agent zu sein?

In der kollektiven Vorstellung sind sie es, die für Ereignisse von entscheidender Bedeutung wie Terrorismus, versuchte Angriffe usw. entscheidend sind.

In den Filmen zum Beispiel müssen Sie nicht einmal mehr darüber sprechen.

Agenten, Männer oder Frauen, die auf alles vorbereitet sind, körperlich und geistig begabter als andere, moralisch unflexibel und ihrem Heimatland treu.

Leider (oder glücklicherweise, abhängig von Ihrer Sichtweise) sind die Dinge in der realen Welt sehr unterschiedlich.

Die "Gruppe" hat in erster Linie keinen Namen und ist gewöhnlichen Menschen nicht bekannt.

Sicher, die CIA existiert, sie macht viele der Aktivitäten, die Sie in den Filmen sehen.

Aber wer wirklich alles kontrolliert, kann nicht für alle sichtbar sein.

Und wer dort arbeitet, ist alles andere als moralisch unbestechlich, tatsächlich wird das Gegenteil gesucht.

Aber machen wir ein paar Schritte zurück.

2017 - Rekrutierung

Sonia ist nicht depressiv, sie ist "in der Warteschleife" und wartet auf eine günstige Situation.

Nach dem Unsinn mit Monica meiden die Leute sie, anders als mit der berühmten Sportlerin in der Stadt.

An diesem verdammten Donnerstag vergeht kein Tag, ohne zu verfluchen. Er beschloss, Monica einzuladen.

Natürlich erlebte er an diesem Tag auch die größte Emotion seines Lebens ...

Angesichts der Diskriminierung, die sie erlitt, musste sie auch kämpfen, um Arbeit zu finden; Deshalb ist sie erstaunt über das Interview in einem Konferenzraum des besten Hotels der Stadt. Er weiß nicht, was es ist oder wie das Unternehmen heißt.

"Guten Morgen Sonia"

"Hallo".

Eine Frau in den Fünfzigern begrüßt sie selbstbewusst mit einem seltsamen Licht in den Augen.

"Wie fühlt es sich an, von den Bürgern als perverse sadistische Lesbe angesehen zu werden?"

"Ich ... ich nicht ..."

"Oh, Sonia, es ist sinnlos, es zu leugnen. Schau, ich war zum Zeitpunkt der Beschwerde anwesend, als ich von der Art der Beschwerde erfuhr, dass ich in diese Stadt gelaufen bin und an deinem Verhör teilgenommen habe. Schau, du warst sehr klug darin, das zu leugnen und zu erfinden Geschichte. dass DU Monica abgelehnt hast und sie dich geschlagen hat. Aber ich hatte das ... "

Ein Objekt ähnlich einem Mobiltelefon.

"Sehen Sie, dieses Objekt zeigt ohne die Möglichkeit eines Fehlers an, ob eine Person lügt oder nicht ... und Monica hat nicht gelogen, das versichere ich Ihnen."

Sonia war wütend.

"Schau, ich weiß nicht, was er von mir will, diese elenden Täuschungen lassen mich gleichgültig; seine Geschichte hält nicht einmal stand; wenn es so wäre, wie er sagt, hätte er nach der Befragung eingreifen und mich verhaften müssen, anstatt die Angelegenheit aus Mangel an Beweisen fallen zu lassen ""

"Und warum sollte ich müssen?"

"Aber ... es tut mir leid, nicht von der Polizei? Was willst du von mir?"

"Mach es dir bequem, Mädchen, jetzt werde ich dir sagen, wer ich bin und was ich will. Ich bin übrigens sehr interessiert an deinem Wissen über Genetik ... ah, erzähl mir von dir."

In ungefähr dreißig Minuten klärt es alles auf.

Die Gruppe kontrolliert das Schicksal der Welt. Er tut es mit einer unsichtbaren Hand. Die Mittel und Einrichtungen, die es besitzt, sind geheim. Wie die fortschrittlichen Technologien, die sie haben, einschließlich des oben gezeigten "Wahrheitstelefons". Neben weltweit verstreuten Wirkstoffen gibt es ein Forschungszentrum, das in mehrere Abteilungen unterteilt ist: Ingenieurwesen, Physik, Genetik.

Das Biologie / Genetik-Zentrum befasst sich mit menschlichen Experimenten verschiedener Art. Dank der riskanten Fehlgenerierung, der Operation und des Elektroschocks ist es der Gruppe gelungen, aus dem Menschen den perfekten Soldaten zu machen: Es sind vollkommen gesunde Männer und Frauen, die seit ihrer Geburt im Labor gewachsen sind, aber ein grundlegendes Merkmal aufweisen: Gehorsam blind für überlegen; ohne unterschiedliche Willen und Wünsche, der Gruppe zu dienen.

Im Zentrum gibt es zahlreiche Studien, die immer wieder über Müdigkeit, Schmerzresistenz und Sexualtrieb experimentieren. Diese Experimente werden nur zu kognitiven Zwecken und in Erwartung künftiger Entwicklungen an unglücklichen armen Menschen durchgeführt.

Meerschweinchen werden sorgfältig ausgewählt: Menschen beiderlei Geschlechts, volljährig, gesund und robust, soweit dies verschiedenen "Behandlungen" standhält. Hauptsächlich werden Sportler, Soldaten, körperlich starke Exemplare, sogar Gefangene oder Prostituierte ausgewählt. Die Glücklichen werden zur Fortpflanzung verwendet und gezwungen, sich wiederholt mit anderen "Rekruten" zu paaren. Andere werden für Ermüdungstests verwendet. Am unglücklichsten für Schmerzschwellentests. Einige besonders attraktive Exemplare werden vom Management "beschlagnahmt" und zum Vergnügen des Personals verwendet.

Perfekt geschaffene Soldaten werden zur "Rekrutierung" eingesetzt, unfehlbare Soldaten, die es schaffen, Entführungen meisterhaft durchzuführen. Die Themen werden aus den oberen Ebenen der Organisation ausgewählt, zu denen auch die mysteriöse Frau gehört.

Die Direktoren des Zentrums altern und kämpfen darum, mit der Technologie Schritt zu halten. Eine Renovierung ist erforderlich.

Das Management wählte Sonia aufgrund zweier wesentlicher Merkmale aus: biologisch-genetisches Wissen und mangelnder Menschlichkeit.

"Liebe Sonia, ich weiß, dass dir jetzt alles unwirklich erscheint. Wisse, dass du, wenn du einer von uns bist, dein Leben uns widmen wirst. Du wirst das Gehalt nicht brauchen, weil du in der Struktur leben wirst. Aber die beste Belohnung wird für dich ein voll ausgestatteter Bereich für dich sein Experimente mit so vielen menschlichen und modifizierten Meerschweinchen auf Ihr Kommando. Ich weiß, dass Sie das mögen, schämen Sie sich nicht. Wir haben Sie ausspioniert, während Sie Ihre "Spiele" mit den Tieren spielten. Kommen Sie morgen zur gleichen Zeit hierher, wenn Sie einer von uns sind. Wenn wir Sie nicht sehen, bedeutet dies, dass Sie nicht interessiert sind und wir Ihre Erinnerung an dieses Treffen löschen werden ... ja, natürlich können wir das. Wenn Sie mit uns kommen, werden Sie verschwinden und für Ihre Bekannten werden Sie nicht mehr existieren. Wir wollen nur überprüfen, ob niemand absolute Macht hat. Dies erfordert Opfer, sogar unschuldige Leben.

Auf Wiedersehen oder bis bald, Sonia.

Ah, ich bin Mitglied 231, frag nach mir "

Sonia hat eine schlaflose Nacht. Er hat bereits beschlossen zu akzeptieren, aber er möchte sein "Nicht-Abschied" von seinen Eltern, seinen Bekannten genießen und darüber nachdenken, wie wenig er sich um sie alle kümmert; sein einziges Bedauern: Wird er Monica jemals wieder in die Hände bekommen? Wer weiß?

In jedem Fall wird es ohne Lärm verschwinden ...

Am nächsten Tag kommt er mit einem Rucksack voller dieser wenigen nützlichen Dinge für eine Frau zum Termin.

"Ich hatte gehofft, dich wiederzusehen, Sonia. Wenn du Kleidung in deinem Rucksack hast, sage ich dir, dass es nicht nötig ist, du wirst alles, was du brauchst, in unseren Büros finden."

"Okay"

"Vertrau mir, wenn du dich benimmst, wirst du mit Interesse belohnt ..."

Sonia versteht die Bedeutung des Satzes nicht, steigt aber ohne zu zögern in einen Hubschrauber.

Der Hauptsitz des Forschungszentrums scheint mitten im Meer zu liegen.

Sonia flippt fast aus, als der Hubschrauber ins offene Meer absinkt.

Plötzlich, nach einer Funkverbindung des Piloten, wird ihm eine Insel offenbart.

Sonia ist sprachlos.

"Tarnvorrichtungen, Sonia. Die Insel kann vorsichtshalber auch geschlossen und untergetaucht werden, wenn die Route von einem Schiff überquert wird, aber es ist in den letzten achtunddreißig Jahren einmal passiert ..."

Eine Insel der Träume, so groß wie eine Metropole.

Viel Vegetation und Grünflächen.

Eine imposante Struktur ist zu sehen, wohin der Hubschrauber fliegt.

Während Sie hineinzoomen, können Sie Menschen in blauen Uniformen sehen, die seltsame Waffen auf halbnackte Männer und Frauen richten, die mit halsbrecherischer Geschwindigkeit eine eingezäunte Straße entlang rennen.

"Sie sehen, der Blues ist ein gentechnisch veränderter Mensch. Sie haben bereits die kategorische Genehmigung erhalten, bedingungslos zu gehorchen. Im Moment führen die Meerschweinchen einen Arzneimittelresistenztest durch, um die langfristigen Auswirkungen der Substanz zu untersuchen. Stattdessen gibt es die Residenzen für die Verwaltung, zu denen Sie ab heute gehören werden. Es gibt nur sechs Personen, die das Zentrum leiten und leiten. Der Rest sind modifizierte Menschen oder Meerschweinchen. Ich gebe den sechs die Befehle. Ich überprüfe den Fortschritt der Untersuchung und informiere meine Vorgesetzten. "

Sonia trifft die anderen sechs Mitglieder: George und Rachel, die kurz vor dem Ruhestand stehen und jeweils für die elektronischen / Computer- und biologischen / genetischen Teile verantwortlich sind (um die sich Sonia kümmern wird). Die anderen Mitglieder sind für Logistik, Finanzen und Lieferungen verantwortlich.

"Sonia, du wirst einen Monat lang mit Rachel zusammenarbeiten, danach wird sie ihren wohlverdienten Ruhestand genießen und du ... deine wohlverdiente Mission."

Lächeln.

Du hast schon ein wenig Übung.

Am ersten Tag nach der "Einstellung" macht sich Sonia mit den Verfahren und der Ausrüstung vertraut. Rachel erinnert sie irgendwie an sich selbst, wie sie mit Meerschweinchen umgeht, kalt mit einem teuflischen Grinsen.

Es wundert ihn, wie einfach all seine teuflischen Fantasien an diesem Ort sind.

Beobachten Sie fasziniert, wie eine schwarze Frau an einen Drehmechanismus gekettet wird, der völlig nackt in der Sonne liegt.

Die Leinen werden gezogen, so dass das Meerschweinchen unter Spannung steht. Die Operation wird von modifizierten Menschen abgeschlossen; an diesem Punkt greift Rachel ein.

„Nach der Operation wird es für einige andere Tests verwendet, da es auf einen halbgemüse Zustand reduziert wird. Es ist eine Schande, ich wünschte, ich hätte es ohne die Behandlung getan, aber es ist das Verfahren. Ich hätte gerne gesehen, wie er in all seinen Fähigkeiten reagiert hat, er hat einen rebellischen Charakter, den ich so sehr mag. Aber du musst geduldig sein.

Das Meer ist voller Fische ...

Für den Test wurde ausgewählt, dass wir dieses schwarze Meerschweinchen durchführen. Carla ist ihr Name, eine einundzwanzigjährige kubanische Athletin, die 100 m, 200 m läuft und auch Weitsprung übt, eine Athletin mit großem Potenzial, wie man an ihrem Körper sehen kann. Obwohl sie anscheinend immer noch keine Chance hatte, berühmt zu werden "

Sonia beobachtet und hört mit krankhafter Aufmerksamkeit auf die Art des Tests.

Das Meerschweinchen wurde in der Sonne immobilisiert und an dieses Gerät gebunden, das als "Spucke" fungiert. Ihre Herzfrequenz wurde mit Elektroden überwacht, die Rachel an verschiedenen Stellen angewendet hatte, und ihre Temperatur mit Sonden in ihrer Vagina und ihrem Anus.

Auf diese Weise können Sie sehen, wie das Meerschweinchen auf Sonneneinstrahlung reagiert.

Der Test wird an Männern und Frauen unterschiedlicher Rassen und Altersgruppen durchgeführt, um statistische Daten zu erhalten.

Rachel bewundert Nadias Körper: groß, schlank, muskulös, ohne einen Hauch von Fett und trotz allem mit ziemlich großen Brüsten.

Ihre Hände und Füße waren in X-Form gebunden; Die Spannung der Saiten ließ seine Muskeln hervorstechen.

Natürlich waren ihre Gesichtszüge nicht hübsch, nicht sehr weiblich, und selbst als Physikerin konnte sie sich nicht mit Monica vergleichen ... ahhh Monica, welche Erinnerungen, wer weiß, wo sie jetzt ist?

Sonia hört auf, an Monica zu denken und sieht zu, wie Rachel die Elektroden und Sonden kalt anlegt.

Sie wollen gehen, aber Sonia bleibt noch ein paar Minuten, um die Frau nackt und an die Sonne gebunden zu beobachten und die Funktionsweise des Mechanismus, der sie langsam drehen lässt.

Als sich die ersten Schweißperlen bilden, fährt er mit einem Finger unter die Achselhöhlen, als wollte er Carla kitzeln, die blinzelt, einen instinktiven Drang, sich zu befreien. Das Ding amüsiert ihn, also wiederholt er die Handlung und berührt sie unter seinen Füßen, auf seinem Bauch, auf seiner Brust. Es war interessant, wie die Bauchmuskeln auffielen, obwohl sie "eng" war.

Rachel lächelt.

"Komm, Sonia, wir müssen die heutigen Tests beenden, du wirst Zeit haben, nach der Arbeit Spaß zu haben."

Nun, sie hätte länger gebraucht, sie wäre nicht in einer solchen "Eile" gewesen.

Tatsächlich hatte sie bemerkt, dass Rachel nicht viel Zeit mit den Mädchen verbrachte. Er zog es vor, bei den Männchen zu verweilen, er berührte sie viel, ohne sich zu schämen, schließlich waren sie Meerschweinchen.

Der Tag ging regelmäßig weiter und Rachel erklärte ihr immer mehr die Arbeit.

Nachts werden die Meerschweinchen in getrennte Zellen gebracht und gefüttert.

Das Management zieht sich in die Residenz zurück und ist mit allem Komfort ausgestattet.

Das Abendessen, das von modifizierten Menschen serviert wird, ist köstlich.

Sonia passt leicht in die Gruppe.

Mitglied 231 stößt den Neuankömmling an.

"Jetzt ist es Zeit, sich in unsere Nebengebäude zurückzuziehen. Nun, alle haben Spaß, wie sie es vorziehen ..."

Ein schelmisches Lachen, gerichtet an Sonia.

Rachel begleitet Sonia in die Zimmer.

"Was bedeutete dieses Lachen über Spaß? Ich verstehe nicht ..."

"Komm, Sonia, jetzt erkläre ich es dir."

Er bringt sie zu einem privaten Flügel des Haftraums.

„Hier sind die Meerschweinchen, die wir für unsere, Unterhaltung 'ausgewählt haben. Natürlich sind sie die attraktivsten Exemplare. Wir können mit ihnen machen, was wir wollen, Sex haben, sie foltern oder sie einfach im Raum gefesselt halten, um sie zu bewundern. "

Sonia beobachtet ungefähr zwanzig Zellen.

Der Logistiker, ein Mann in den Vierzigern, fett und kahl, geht in die Zelle einer Mulattin. Mit einem Nicken an einen modifizierten menschlichen Mann betritt er bewaffnet die Zelle.

"Heute Nacht bist du dran, Freund; zieh dich komplett aus"

Das Meerschweinchen zieht sich mit Entsetzen in den Augen nackt aus. Sie ist eine junge Mulattin mit zwei wunderschönen grünen Augen. Ihr Körperbau ist imposant, fast zwei Meter groß, spitz zulaufende und muskulöse Beine, straffe und natürliche Brüste, ein fabelhafter Körper.

Sonia dreht sich zu Rachel um.

"Wer?"

"Eine zweiundzwanzigjährige Tänzerin. Wir haben sie ausgewählt, weil sie in einer kleinen Stadt lebte und es sehr einfach war, sie abzuholen. Außerdem ist sie natürlich schön und körperlich begabt. Heute Abend ist sie an der Reihe, sich mit Paul abzufinden: Er ist ein Sadist, den er gerne benutzt die Peitsche. Es ist sehr gut darin, Schmerzen zu verursachen, ohne bleibende Schäden zu hinterlassen. In jedem Fall sollten die Meerschweinchen, die es "verwendet" hat, einige Tage ruhen, bevor sie wiederverwendet werden. Beobachten Sie ... "

Ein rechteckiges Gerät, das mit kleinen Rädern arbeitet, wird in die Zelle eingeführt. Das Opfer wurde an Händen und Füßen in X-Form gefesselt. Sie weint. Offensichtlich weiß sie, was sie erwartet.

Paul kommt langsam herein, untersucht seine Beute, küsst sie, berührt sie, schnüffelt daran.

"Riecht ein wenig, was hast du ihn heute machen lassen?"

"Morgens zehn Meilen schwimmen und nachmittags fünfzig Meilen laufen."

"Mit Recht"

Er nimmt einen Hydranten und richtet ihn auf das Meerschweinchen. Ein kalter Wasserstrahl trifft sie heftig. Dann seift Paul sie gründlich ein und besteht auf den Brüsten und privaten Teilen, während sie vergeblich versucht, sich zu befreien und den kleinen Mann mit Verachtung und Entsetzen beobachtet.

Wenn alles vorbei ist, spült er sie ab und befiehlt den modifizierten Menschen, den Wagen mit der gefesselten Tänzerin in ihr Zimmer zu tragen.

Rachel geht zum Männerflügel.

Er bleibt vor der Zelle eines muskulösen blonden Jungen stehen. Dies ist ein schwedischer "Partner", der das Unglück hatte, Rachel als Kunden zu haben, der ihn als besonders attraktiv empfand und Mitglied 231 überredete, ihn "zu rekrutieren".

Das Verfahren ist ähnlich, obwohl er mit seiner Unterwäsche angekettet ist.

Rachel lädt Sonia zur Teilnahme ein.

Der Junge ist groß und muskulös. Die beiden Frauen beobachten ihn wie ein Tier. An diesem Tag unterzog er sich einer intensiven Elektrostimulationsbehandlung in seinem ganzen Körper.

Sonia bewegt sich hinter ihm und fährt mit ihren scharfen Nägeln über seinen Rücken, was zu instinktiven Explosionen bei dem Jungen führt. Er mag es, wenn sich die Muskeln bei seiner Berührung zusammenziehen. Er prüft die Möglichkeit, Männer zu foltern, neu, bevorzugt aber immer noch Frauen.

Rachel schließt sich Sonia an und mit erfahrenen Händen fangen sie an, ihn von allen Seiten zu necken und zu knabbern.

Der Junge ist immer noch verschwitzt von der Müdigkeit am Nachmittag, aber Rachel zieht es vor, ihn nicht zu waschen. er mag sie, wenn sie etwas verschwitzt sind.

Als die beiden Frauen vor ihm stehen und Rachel ihn auf die Brust leckt, bemerkt Sonia eine unverkennbare Ausbuchtung in der Unterwäsche des Jungen.

Rachel ist keine schöne Frau in den Fünfzigern, aber die elegante Art, wie sie gekleidet ist und ihre manipulativen Fähigkeiten erregen das schwedische Gestüt. Sonia, wie von Ekstase ergriffen, aufgeregt, aber gleichzeitig empört, schlägt ihn heftig und packt ihn an den Haaren.

"Wie kannst du es wagen, du dreckiges Tier, eine Erektion zu bekommen? Dir wurden keine guten Manieren beigebracht. Ist das der Weg, eine Dame zu behandeln? Jetzt werde ich dich verprügeln lassen, bis der Drang nachlässt ..."

Rachel unterbricht sie.

"Hey, nimm es ruhig; das ist MEIN Spielzeug, vergiss es nicht; jetzt werde ich es in mein Zimmer bringen lassen ..."

"Aber ... aber ... ok, sorry; ich hatte nur den Eindruck, dass er zu viel Spaß hatte und deshalb ..."

"Schau, Sonia, nicht jeder ist so sadistisch. Ich mag es, sie zu ärgern, sie ein bisschen zu foltern. Ich mag es oft, sie einzuschalten, sie zum Orgasmus zu masturbieren und mich dann sofort vorher zu unterbrechen. Du solltest sehen, wie sie betteln, ich denke für sie ist es eine Aber manchmal lasse ich sie kommen. Mit wem es sich lohnt ... nun ja ... ich habe auch Beziehungen. Jetzt sei nicht beleidigt, aber ich werde mich mit ihm in mein Zimmer zurückziehen. Du kannst wählen, wen du willst, Hier sind die einzigen verbindlichen Regeln: NIEMALS losbinden, nicht dauerhaft beschädigen, nicht töten.

Hey, bring den Schweden in mein Zimmer.

Komm Sonia, ich will sehen, was du wählst. "

Sonia geht den Gang entlang und sieht viele männliche Exemplare verschiedener Rassen, alle sehr groß und attraktiv.

Aber sein Fokus liegt auf dem weiblichen Flügel.

"Hmm ... ich hätte verstehen sollen, dass er Frauen bevorzugt", dachte Rachel lächelnd.

Es gab viele Mädchen und sehr attraktiv; einer mit dunklen Haaren und Augen und dem Körper eines Models erinnert ihn vage an Monica, obwohl sie vitaler, stärker und schöner war; Eine leider unerreichbare Schönheit, sehr zu Sonias Bedauern.

Dann fällt mir etwas ein.

"Rachel, wo ist die norwegische Schwimmerin?"

"Nun, sie ist gerade in Behandlung, du kannst sie nicht ins Zimmer bringen ..."

"Nein, hier ... ich würde sie nur gerne sehen"

"Okay"

Sie gehen ein paar Stockwerke unter der Erde und kommen in einen Raum, der von einem Dutzend Wachen kontrolliert wird.

Die Tür geht auf.

Der Norweger ist in einem X-förmigen Bett mit Riemen an Knöcheln, Oberschenkeln, Taille, Hals, Stirn, Bizeps und Handgelenken bewegungsunfähig.

Er hat einen weißen Overall. In verschiedenen Körperteilen kommen verschiedene Fäden aus dem Anzug.

"Schauen Sie, diese Behandlung zielt darauf ab, sie für eine lange Zeit leiden zu lassen, aber ohne körperlichen Schaden zu verursachen; dafür werden der Herzschlag und die Temperatur überwacht; wenn die Werte kritisch werden, hört die elektrische Folter auf und lässt sie ruhen; es gibt eine Kamera filmt alles, ein Teil des Videos wird als Warnung an die Meerschweinchen gesendet.

Zu diesem Zeitpunkt hat das Meerschweinchen, wie ich am Computer sehe, gerade einen kontinuierlichen Zyklus von 47 Minuten durchlaufen, wie man an seinen schweren Atemzügen sehen kann. in einer halben Stunde sollte ich wieder anfangen "

"Hier ... Rachel, ich würde gerne hier bleiben und dich eine Weile beobachten. Ich werde nichts tun, ich werde sehen, wie der Computer mit Stromschlägen umgeht."

"Nun, Sonia, jeder hat seinen eigenen Geschmack, es ist dein Recht."

"Ich würde dich gerne etwas fragen ..."

"Sagen Sie mir"

"Hier möchte ich sie ausziehen ... darf ich?"

"Ah, ich hätte raten sollen, wie schlampig; sagen wir einfach, der Anzug, den sie trägt, hat keine spezifische Funktion. Sie zieht sich nicht aus, weil der Zweck dieser Behandlung strafend ist, nicht zu unserem Vergnügen. Ok, Sie können handeln, wie Sie wollen; modifizierte Menschen Denken Sie daran, sie die Immobilisierungsoperationen durchführen zu lassen, nachdem Sie gesagt haben, dass Sie mit dem Meerschweinchen spielen können, wie Sie denken, die Behandlung erfolgt automatisch. Was soll ich sagen, guten Abend, ich habe einen halbnackten und aufgeregten Schweden, der auf mich wartet und heute Abend fühle ich mich inspiriert, mmm ... ich könnte ihn durch die Kitzelmaschine bringen ... eines Tages werde ich es dir zeigen, Sonia. Bis morgen früh. "

Sonia sieht Rachel nicht einmal herauskommen, sie starrt den Norweger seit ein paar Minuten krankhaft an.

Jetzt ist er allein mit ihr; Wachen stehen Ihnen vor dem Tor zur Verfügung.

Sie möchten diese Momente langsam genießen.

"Ich kenne nicht einmal Ihre Namensschlampe; Rachel hat Recht, Mitleid mit Ihnen zu haben. Ihr wütender Blick zeigt ein Temperament an, das nicht aufgibt. Und sicherlich sind Sie stark genug, um Stahlhandschellen zu brechen, selbst wenn sie fehlerhaft sind, und auszuschalten mehrere bewaffnete modifizierte Menschen; selbst wenn ich wie jetzt angezogen bin, kann ich sehen, dass du dünn und stark bist; aber wir werden es sofort reparieren, ich werde anfangen, dein Oberteil zu entfernen ... "

Die Behandlung begann vor weniger als einem Tag, sodass das Mädchen immer noch voll ausgelastet ist.

Sie hat ein fröhliches Gesicht mit Sommersprossen, blauen Augen und einer schönen Farbe auf den Wangen.

Vier Wachen treten ein und fordern Sonia auf, sich aus Sicherheitsgründen zu entfernen.

"Nehmen Sie jetzt einfach das Oberteil ab, danke ..."

Die Wachen öffnen mit angemessenen Vorsichtsmaßnahmen den Anzug und entfernen den Riemen um die Taille, wobei sie den Anzug über die Brust heben. das Mädchen hat noch ein weißes T-Shirt; es spielt keine Rolle, das Vergnügen wird dauern. Sie befestigen den Gürtel fest um die Taille.

Jetzt sind die Bizepsgurte an der Reihe, sie heben den Anzug bis zu den Handgelenken an und lassen die Arme frei; Da sein Bizeps jetzt frei ist, dreht er sich stark; Obwohl die vier Wachen immer noch völlig bewegungsunfähig sind, bemühen sie sich, die Gurte wieder an der bloßen Haut zu befestigen.

Die analoge Operation an den Handgelenken wird aus Sicherheitsgründen getrennt zwischen rechts und links durchgeführt.

Sonia versteht jetzt, warum Vorsichtsmaßnahmen niemals übertrieben sind.

"Sie lassen uns ..."

Untersuche das Meerschweinchen erneut.

Im Anzug konnte er nicht sagen, wie muskulös und straff seine Arme waren.

Nichts mit Monica zu tun, aber sie kam näher; Die Besonderheit von Monica war, dass sie in allem großartig war. Dies war immer noch schön, aber es war etwas unproportional zu anderen Körperteilen wie dem Bauch, der zwar weich und muskulös war, aber nicht mit der Masse der Arme vergleichbar war. Es war schwierig, aber nicht unmöglich, einen einzigen Fehler bei Monica zu finden.

Das Mädchen mit einem sehr hellen Teint ist schweißgebadet, die Brust hebt und senkt sich in Erwartung einer sofortigen Behandlung schnell.

Ein Riemen, der mit mehreren Blasen verbunden war, war an seinem Mund befestigt und hinderte ihn am Sprechen. es war wahrscheinlich das Mittel, um sie zu füttern, da die Behandlung mindestens eine Woche dauerte. Elektroden an den Handgelenken.

Aus dem Tank-Top auf der Brust kommen Fäden; Sie können ein Klebeband sehen, das sich um die Brust wickelt und die Brustwarzen bedeckt.

Sonia beginnt, das Meerschweinchen im Gesicht, auf der Brust und am Bauch zu streicheln und spürt die Festigkeit des Bizeps. Sie beschließen, das Tanktop auszuziehen, während es gefesselt ist. Sie zieht es aus ihrer Jogginghose, steckt es schwer unter den Gürtel und legt ihre wundervollen pochenden Brüste frei. Elektroden wurden auf der Brust platziert, um sowohl den Herzschlag zu kontrollieren als auch elektrische Schläge auszulösen.

Er riecht daran, er schwitzt.

"Du hast einen sehr hübschen kleinen Körper, weißt du, Schlampe?"

Er leckt sie am Nabel.

"Du bist salzig ... ich mag dich"

Das Meerschweinchen hat einen rebellischen Impuls: Muss er nicht nur eine Woche lang unaussprechlich leiden, sondern muss jetzt auch die Missstände dieser Lesbe erleiden?

Er stößt ein gemischtes Grunzen aus Wut und Frustration aus und zieht an den Trägern.

Er sieht Sonia mit Hass und Trotz an.

"Ich sehe, du hast immer noch viel Kraft. Wachen! Deine Hosen; zieh sie komplett aus."

Die Wachen sind jetzt sechs, die Operationen werden langsam und vorsichtig mit zusätzlichen Gurten durchgeführt.

Vorgang abgeschlossen.

Sonia versteht, warum die sechs Wachen: Die Beine haben beeindruckende Muskelmasse.

Im Anal- und Vaginalbereich werden Schläuche eingeführt und strategisch fixiert, damit das Meerschweinchen während der Behandlung physiologische Funktionen erfüllen kann.

Andere Elektroden an den Knöcheln.

"Wache, ich sehe, dass das Bett einen Mechanismus hat. Kann ich deine Beine weiter spreizen?"

"Na sicher"

Der Schutz wirkt auf Zahnräder, die die Beine des Meerschweinchens fast senkrecht zum Oberkörper erstrecken.

Die Elastizität des Mädchens ist beeindruckend.

Sonia steht zwischen den Beinen des Meerschweinchens, ihre Hände ruhen sanft auf ihren nackten Schenkeln und starren ihre Beute an. Sie streichelt ihre Beine, während sie sich instinktiv zusammenziehen, um zu entkommen, und schaut ihr in die Augen.

"Denkst du immer noch daran mich herauszufordern?"

Sagt Sonia und beugt sich vor, um ihren Nabel und Bauch an verschiedenen Stellen zu küssen.

Mit kühler Langsamkeit verlässt er diese verlockende Position, um sich hinter ihr zu bewegen, wobei er immer einen Finger in Kontakt mit ihrem Körper hält und ihn auf sinnliche Weise schiebt.

Das Meerschweinchen ist wütend und versucht, etwas durch den Knebel in einer Sprache zu sagen, die Sonia unbekannt ist.

Jetzt ist Sonia hinter ihr und legt ihre Hände auf den Bizeps des Meerschweinchens. Sie beginnt sinnlich ihre Stirn, Wangen, ihren Hals und ihre Ohren zu küssen.

Gleichzeitig schiebt er seine Hände über die Achselhöhlen, die Brüste, massiert sie gierig und testet ihre Festigkeit.

Das Meerschweinchen beschwert sich aus Protest und versucht etwas zu sagen.

Sonia kehrt zu ihrer Seite zurück und sieht sie lächelnd an.

"Hey, was hast du zu sagen? Ich spreche deine Sprache nicht. Weißt du was? Ich bin normalerweise sadistischer, weniger süß, aber ... die Tatsache, dass ich dich lutsche, tut mir leid, macht dich instinktiv rebellisch gegenüber meinen Berührungen und das macht mich mag es so sehr ... "

und fährt wieder mit den Händen über Bauch und Brüste.

Plötzlich macht der Computer ein seltsames Geräusch, das einem Alarm ähnelt.

Die Augen des Meerschweinchens sind jetzt voller Angst und sie suchen Sonia für verzweifelte Hilfe. Aus diesen Details versteht Sonia, dass die Behandlung wieder beginnt.

Anfangs stößt er einen Schrei von seltener Intensität aus, friert aber nach einer Sekunde im Hals ein. Die Intensität der Folter ist so, dass das Meerschweinchen kein Geräusch machen kann.

Sonia beobachtet das Tier mit Interesse. Die Folter bleibt im gesamten Körper einige Sekunden lang konstant und wechselt dann in einigen Bereichen mit variabler Intensität, um eine physiologische Erholungszeit zu ermöglichen und die Schmerzempfindlichkeit nicht zu stark zu verringern.

Wenn die Beine stimuliert werden, kann Sonia kaum einen Tic fühlen, eine permanente Kontraktion im Quadrizeps des Meerschweinchens. Daher wird es wieder zwischen die Beine gelegt und legt die Hände auf die Oberschenkel. In dem Moment, in dem der Schock beginnt, spüren Sie, wie sich die Muskeln trotz der Position der Beine und der engen Gurte viel stärker berühren.

Jetzt geht der Download woanders hin.

Angetrieben von einem Instinkt des "Mitgefühls" nähert sie sich mit dem Mund ihrem Mons pubis, hält ihre Hände auf ihren Schenkeln und streichelt sie.

Seine Zunge gleitet zwischen Sonden und Elektroden, wo sie kann, und stimuliert diesen empfindlichen Teil. Protestschreie des Opfers.

Schauen Sie sich jetzt den Oberkörper an. Wenn es von dem Schock getroffen wird, zieht es gleichzeitig auf unnatürliche Weise Brustmuskeln, Bizeps und Bauchmuskeln zusammen. Sonia kann die Schönheit seiner Muskeln sehen, die vom Schweiß des Meerschweinchens glitzern.

Fünfundzwanzig Minuten lang genießt er es, das Leiden des Mädchens zu beobachten und gleichzeitig ihren athletischen Körper zu bewundern.

Von Zeit zu Zeit fährt er mit seinen gierigen Händen über ihre Haut, um sie sadistisch zu streicheln, manchmal zu kneifen, manchmal sinnlich zu fühlen.

Wenn die Brust "in Ruhe" ist, nehmen die Kontraktionen ab, aber sofort beginnt die Brust wieder krampfhaft zu steigen und zu fallen. Zwischen diesen Momenten genießt Sonia weiterhin den Körper des Opfers, indem sie leckt und riecht.

Schließlich spreizt sie ihren Oberschenkel, während ein Schock ihre Brust trifft, leckt ihren Nabel und beißt sie. Dabei findet sie ein Vergnügen, das sie seit langem nicht mehr empfunden hat, genau seit sie Monica auf der Stange gesehen hatte das Fitnesscenter.

Als die Behandlung endet, sammelt sich Sonia, fährt mit einer Hand über den Bauch und die Brüste des Mädchens und bemerkt, dass ihre Augen jetzt ausdruckslos sind, obwohl sie den Hauch von Wut und Frustration behalten, den Sonia so sehr mag. Offensichtlich beginnt die Behandlung zu wirken.

"Ich habe es genossen, dich auf meine Art zu haben, Schlampe. Ich denke, ich werde dich in diesen Tagen wieder besuchen."

Ein Kuss auf die Wangen.

"Wachen, zieh sie gut an."

Ein alter Freund

Es ist Zeit für Rachel, sich zu verabschieden.

Sonia tut es ein wenig leid, sie wurde immer liebevoller, aber Rachel beruhigt sie.

"Keine Sorge, ich werde dich von Zeit zu Zeit besuchen, um Spaß zu haben. Ich habe ein Auge auf einen kubanischen Jungen, einen Gefängniswärter, der überhaupt nicht schlecht ist, ganz natürlich ..."

Jetzt ist Sonia verantwortlich.

Mitglied 231 wird wie bestellt in sein Büro gebracht.

Er gratuliert ihr und erklärt, dass ihre Einfügung mehr als zufriedenstellend war.

Wenn man von der Situation auf der Insel spricht, stellt sich heraus, dass George in den Ruhestand geht, aber Schwierigkeiten hat, einen würdigen Ersatz zu finden.

Sonias Gedanken tauchen in ihre Erinnerungen ein und jemand kommt sofort in den Sinn ...

"Mitglied 231 ... hier möchte ich den Namen einer Person vorschlagen ..."

Robert gerät nach tiefer Enttäuschung über Monica in einen Zustand tiefer Depression.

Das Unglück des Sees ist praktisch jedem bekannt. Der mit dem Wasserfall etwas weniger.

Die Unternehmen, die Sie kontaktiert haben, suchen nicht mehr nach Ihnen. Eltern setzen ihn unter Druck, indem sie seine Gefühle ignorieren.

Gefühle für Monica, die nach und nach dem Hass weichen.

Robert kultiviert einen tiefen Hass gegen jeden, der ihn abgelehnt hat.

Darüber hinaus machte ihn dieser Tritt in den Genitalbereich, der zuvor nicht sehr kräftig und etwas "nutzlos" war, jetzt fast unfähig, Sex zu haben. Da er aus Gründen der Unsicherheit keine normalen sexuellen Beziehungen haben kann, konzentriert er seine Sexualität auf den Sadismus.

Das Internet begünstigt Sie dabei sehr. In jedem Fall bezahlt er normalerweise Prostituierte, die sich fesseln lassen, um seinen Instinkt zu befriedigen. Indem er seine Opfer dominiert und bindet, erreicht er Vergnügen.

Was mit Sonia passiert ist, wird jetzt mit Neid und Ekel gesehen.

Grundsätzlich erkennt er, dass der einzige Weg für IHN, eine Frau zu haben, darin besteht, dies gegen ihren Willen zu tun. Und da er nicht sehr körperlich begabt ist ... der einzige Weg, wissen Sie, was es ist, der Kreis wird enger.

Er ist immer noch ein unausgesprochenes Genie, aber mit ein paar Beschwerden von einigen Nutten, die in Bezug auf BDSM-Fantasien nicht sehr entgegenkommend sind, machen sie seinen Lebenslauf nicht zum besten.

Und er muss Arbeit finden.

Er geht fast mit Resignation zum x-ten Interview.

Die fünfzigjährige Dame heißt Sie in ihrem Arbeitszimmer willkommen.

"Robert, hier sind Sie endlich. Wir müssen unsere Rekrutierungsabteilung verbessern, und obwohl es wahr ist, dass wir ein Element wie Sie verlieren wollten ... war es nicht ... IHNEN zu verdanken."

Sonia offenbart sich.

Hat sich verändert.

Sie ist nicht nur erwachsen, sondern sieht auch entspannter und glücklicher aus als die Sonia, die sie getroffen hat.

Sie schütteln sich die Hände.

"Robert, du bist aufgewachsen, aber du hast dich nicht viel verändert ..."

Sonia erzählt ihrer Freundin all ihre Wechselfälle, von den Episoden mit Monica über die Rekrutierung, die Gruppe, ihren Job bis hin zu dem, wie sie es schafft, jetzt Freude und Zufriedenheit zu empfinden.

Robert ist ungläubig, beschließt aber zu akzeptieren.

Er wird für die Datenverarbeitung, Sensoren und Elektronik des Zentrums verantwortlich sein.

Am Tag der Besiedlung ist ihr Erstaunen, die Insel zu sehen, groß. Sonia lächelt und denkt darüber nach, wann sie die gleichen Dinge ausprobiert hat.

Alle Alarm-, Kontroll-, Videoüberwachungs- und Maschinentests werden Robert erklärt.

Seine Computerkenntnisse und seine Kenntnisse der Mechanik regen verschiedene Ideen in ihm an, die er bald in die Praxis umsetzen wird.

George ist ein geduldiger und methodischer Lehrer.

Nach einer allgemeinen Einführung besucht Robert den "Trainings"-Bereich, insbesondere den Pool.

Der Pool ist sichtbar länger als ein normaler olimpischer Pool, tiefer und mit einem drei Meter hohen Rand, so dass Meerschweinchen nicht entkommen können.

Robert beobachtet den Vorgang fasziniert: Die Meerschweinchen in Badeanzügen nähern sich dem Pool, die Hände hinter dem Rücken gefesselt und die Knöchel mit einer vier Zoll langen Kette verbunden (um eine minimale Bewegungsmöglichkeit zu gewährleisten). Die Elektroden werden auf der Brust platziert (für Frauen unter einem einteiligen Badeanzug) und um die Brust gebunden. Ein Monitor verfolgt Ihren Puls. Sie werden kopfüber mit einer Winde aufgehängt, ihre Hände und später ihre Füße werden freigegeben, wodurch sie ins Wasser gehen. Heute werden sie einem Langstrecken-Dauertest unterzogen.

"Aber wie können wir sicher sein, dass sie ihr Bestes geben?"

"Oh, sehen Sie, Robert - Sonia greift ein, die gerade auf den Monitoren sitzt - es ist ganz einfach: Letzterer wird einem schmerzhaften (aber im Grunde harmlosen) Schmerzresistenztest unterzogen; Ersterer wird 'in Ruhe' gelassen. für ein paar Tage ... natürlich wollen wir nicht, dass die gleichen Menschen leiden, deshalb geben wir den Schwächeren normalerweise einen chronometrischen Vorteil, basierend auf den neuesten Tests ... sagen wir einfach, es liegt viel in unserem Ermessen, das Wichtigste ist, dass diese dummen Bestien sie merken es nicht und drängen immer auf das Maximum "

Robert ist überrascht von dem Vertrauen, das Sonia im Vergleich zu vor einigen Jahren hat. jetzt ist er verantwortlich für die genetische Abteilung; aber es scheint sicherlich diese Kälte beibehalten zu haben, die es immer charakterisiert hat.

Die Männer beginnen ihren Test, dass sie separat beginnen, so dass die chronometrischen Daten ohne Schwierigkeiten "fixiert" werden können.

Jetzt sind die Frauen an der Reihe.

Robert bemerkt sofort die Vorlieben seiner Kollegen; Unter den Frauen ist Sonia die einzige mit einer Vorliebe für Meerschweinchen und scheint sich dafür nicht zu schämen. Unter Männern scheint nur ein bestimmter Paul, ein ungeschickter kleiner Mann, mit beiden Geschlechtern den gleichen Spaß zu haben. Er hört, wie er Sonia anspricht und sagt: "Heute Abend hätte ich nichts dagegen, den Kubaner und den Tänzer in mein Zimmer zu bringen und sie zusammen zu verprügeln. Ah, für den Test, den ich gerne mit dem Kubaner hätte, versuchte er zu rebellieren, als ich ihn berührte ... verstehst du? ""

Sonia nickt desinteressiert.

Robert wird von einem Schwimmer getroffen: braunes Haar, katzenbraune Augen, imposanter, aber schlanker Körperbau.

"Wer ist es, George?"

"Ah, Gabriela! Sie ist eine komplette italienische Athletin (Schwimmen, Laufen, Kugelstoßen), die vor zwei Wochen angekommen ist. Wir werden mehrere körperliche Tests durchführen, um zu sehen, wo sie es besser macht, obwohl sie aufgrund ihrer Schönheit auch aufgenommen werden könnte zwischen der "Unterhaltung", wer weiß "

Robert beobachtet, wie die modifizierten Menschen es positionieren, um es mit dem Mechanismus ins Wasser zu tragen. Durch das Aufhängen deutet er auf eine instinktive Bewegung hin, um aufzustehen und seine prächtigen Bauchmuskeln zusammenzuziehen. Sobald er im Wasser ist, startet er bei seiner Abreise mit beeindruckender Geschwindigkeit und Kraft. seine Muskulatur entspricht fast der von Monica, obwohl er einen Schritt weiter unten bleibt.

"George ... ich denke ... ich habe eine Anfrage ..."

"Ah, ich wusste es! Es hat Ihre Aufmerksamkeit sofort erregt, richtig? Nun, es wird noch nicht zur 'Unterhaltung' gezählt, aber da Sie neu sind, werden wir eine Ausnahme machen, ich werde Sonia bitten, sie gewinnen zu lassen, um sie morgen ausgeruht zu halten nachts und stellen Sie die spezielle Anfrage an Mitglied 231. "

Der Tag vergeht reibungslos.

Das erste Abendessen auf der Insel ist auch positiv für Robert, sehr unterstützt von Sonia, die ihm das Gefühl gibt, sehr wohl zu sein.

Bei der Auswahl der "Opfer" für die Nacht hat Robert bereits eine besondere Anfrage.

"Nun, George, Mitglied 231, all diese Meerschweinchen sind sehr schön und ich werde sie sicherlich schätzen. Aber ich würde gerne meine erste Nacht mit Gabriela, der italienischen Athletin, verbringen, aber da sie erst morgen verfügbar sein wird, möchte ich sie heute besuchen "Für jeden von Ihnen, nur um Ihren Geschmack zu verstehen und wie" Unterhaltung "funktioniert, immer wenn dies erlaubt ist ... und auch bei Ihnen, Mitglied 231, würde mich interessieren, was Ihnen gefällt."

Kollegen akzeptieren gerne.

Der erste, den er sieht, ist sein Tutor George.

Eine junge und vollbusige Blondine (eine deutsche Prostituierte) ist halbnackt an ihr Bett gebunden. George bringt einen Karren mit Eis, Essen verschiedener Art und Wein in die Nähe des Bettes. Offensichtlich mag er traditionelle Beziehungen, mit einigen Variationen in Bezug auf Nahrung und offensichtlich den notwendigen Vorsichtsmaßnahmen, die die Immobilisierung von Meerschweinchen erfordern.

Ihre Freundin Sonia hat einen schwarzen Sprinter in ihrem Zimmer. Sie ist nackt, vertikal in einem X gefesselt und leicht vom Boden abgehoben. Sonia legt am ganzen Körper Elektroden an.

"Erinnert es dich an etwas, Sonia?"

Stille zwischen den beiden.

Sonia deutet auf ein Lächeln. Beide sind durch das verrückte Verlangen nach einer bestimmten Person verbunden. Monicas Nostalgie macht sie fast melancholisch.

Robert beschließt, sie dort zu lassen und woanders hinzugehen, um die Erinnerung an den alten Schulfreund zu zerstreuen.

Samantha und Julia, zwei Frauen in den Vierzigern, keine schönen, aber sicherlich fürsorglichen Frauen, die mit der Fütterung und Überwachung der Gesundheit der Meerschweinchen beauftragt sind, sitzen mit muskulöser, nackter und fester Haut im selben Raum an eine Art gynäkologischen Tisch gebunden. Ein Retraktor hält den Mund offen. Dicke Riemen an Handgelenken, Bizeps, Hals, Bauch, Oberschenkeln und Knöcheln machen Sie mit gespreizten Beinen fest im Bett.

Als Samantha den Mann tastet, den sie langsam anmacht, erklärt Julia Robert:

"Wir haben so viel Spaß, wir erregen ihn auf jede erdenkliche Weise, wir necken ihn, wir spielen mit ihm, um ihn am Rande des Orgasmus zu halten. Wenn er am Rande der Verzweiflung steht ... nun, es hängt davon ab, wie gut er bettelt."

Nachdem dies gesagt ist, schließt er sich seinem Kollegen an und beginnt geduldig, am Körper des Opfers zu arbeiten. Julia scheint mehr Erfahrung zu haben, da der Mann durch ihre Berührung eine merkliche Erektion erlitt.

Samantha sieht ein bisschen ärgerlich aus und schlägt ihn.

"Also bevorzugst du sie? Verdammter Hund!"

Und sie beißt ihm heftig ins Ohr, während Julia ihre Arbeit sinnlich fortsetzt.

Robert geht zum sadistischen Paul.

Eine Frau und ein Mann, beide schwarz, stehen sich in Unterwäsche gegenüber. Offensichtliche Anzeichen von Prügel im Körper von beiden, mehr bei der Frau.

Robert sagt Hallo, er hat kein besonderes Mitgefühl für den Mann.

Das Mitglied 231.

Robert klopft an die Tür.

"Voraus"

Ein halbnackter Mann und eine halbnackte Frau werden geknebelt und auf einer seltsamen Vorrichtung mit rotierenden Bürsten, Stiften und Zahnstochern bewegungsunfähig gemacht.

"Kitzelmaschine, Robert. Ich habe die empfindlichsten Gegenstände ausgewählt, nicht die attraktivsten, wie Sie sehen können. Schauen Sie."

Die Frau drückt einen Knopf. Die Pinsel und Federn beginnen auf den empfindlichsten Stellen der beiden armen Leute zu tanzen; Achselhöhlen, Hüften, Füße, Nacken sind die am stärksten beanspruchten Bereiche.

Besonders die Frau krümmt sich wie eine Wut und schreit krampfhaft.

Robert ist fasziniert von all dem.

Er zieht sich jedoch in sein Zimmer zurück. Seine Vorliebe für Gabriela am nächsten Tag ist eigentlich eine Ausrede, sich in sein Zimmer zurückzuziehen und seinen alten PC einzuschalten: Nostalgie fängt ihn ein, die Fotos seiner geliebten Monica, jetzt eine junge und vielversprechende Athletin, werden von ihm akribisch und obsessiv aufbewahrt ;; von den banalsten fotografischen Posen bis zu den Standbildern, die während seiner Performances aufgenommen wurden.

Er kann sie nicht vergessen.

Sie werden gleich ein anderes Video oder einen anderen Artikel finden, wenn Sie ein Klopfen an Ihrer Tür hören.

"Sonia, komm, komm rein"

"Hallo Robert, wie geht es dir?"

"Nun sieh mal, ich werde dir nie genug dafür danken, dass du mich so weit gebracht hast. Ich werde dich niemals zurückzahlen können."

"Nun, du solltest wissen, dass es mir eine Freude ist, eine Person hier zu haben, die ich seit der High School kenne."

Sie reden wie zwei alte Freunde, sie reden über dies und das, Sonia spricht über ihre sadistische Arbeit wie nichts.

An einem Punkt drückt Sonia:

"Du denkst immer ... an sie. Richtig?"

Als Antwort zeigt Robert Sonia die Fotos auf seinem PC. Sonia ist erstaunt über die Anzahl der Fotos des Opfers ihrer Träume, die in Ordner und Unterordner unterteilt sind: Videos, Interviews, Artikel, Fotos, sportliche Darbietungen.

Nur daran zu denken, was er ihr auf der Insel antun könnte, lässt sie mit ihrer Fantasie fliegen wie nie zuvor. Ein Foto, auf dem Monica mit dem Stabhochsprung zu kämpfen hat, zieht ihre Aufmerksamkeit auf sich: Die Athletin hat gerade die Stange verlassen, ihr Gesicht ist konzentriert, die schlanken Muskeln sind angespannt und gleichzeitig gewunden, der hektische obere Teil steigt an. Entdecken Sie den Bauch und alle geformten Bauchmuskeln.

Sonia fliegt und träumt von Monica auf der Insel als Meerschweinchen, aber ein Gedanke packt sie:

"Robert ... du ... liebst sie richtig? Ich meine auf traditionelle Weise, du würdest sie niemals verletzen, du würdest sie für dich selbst wollen, wenn sie hier ein Meerschweinchen wäre, würdest du sie gerne befreien, um ihr deine Liebe zu zeigen ... Wahrheit?"

"Sonia ... du weißt nicht, wie sehr ich mich verändert habe. Wenn du aufgewachsen bist und mit der Realität kollidierst, mit deiner physischen Erscheinung, wirst du verstehen, dass du niemals eine solche Kreatur haben kannst, wie könnte sie sich in mich verlieben? Schau, mein Verlangen nach ihr hat es nicht in der Tat stärker als zuvor geändert, aber es gibt einen Unterschied.

Sie wissen vielleicht nicht, dass der Tritt, den er mir an diesem Tag gab, mir einige sexuelle Probleme bereitete; Ich bin überhaupt nicht hilflos, aber ich kämpfe darum ... hier weißt du was; Stattdessen reizt mich die Idee, eine Frau in meiner Macht zu haben, sehr. Monica dann ... lass uns nicht darüber reden.

Ich möchte sie demütigen, wie sie es mir angetan hat. Ich möchte, dass er leidet. Ich möchte, dass er es bereut, mich gedemütigt zu haben. Ich möchte sie aus der Welt herausreißen, die sie kennt, und sie hier haben, um sie langsam zu foltern, ohne sie zu sehr zu beschädigen. Ich möchte, dass sie eine Sklavin wird, ein Objekt in meinen Händen. Aber sie muss leiden, Rebellin, ich möchte sie vor Wut schreien hören. "

Roberts Augen leuchten und treffen Sonias.

Die Magie der Situation, das Zusammentreffen der beiden, die offenbarten Gefühle brechen die Barrieren zwischen den beiden ab. Fast begeistert umarmen sich die beiden, halten sich an den Händen und betrachten Monicas Foto. Sie beginnen sich zu streicheln.

Jetzt sind sie Komplizen.

Sie fühlen sich nicht zueinander hingezogen. Aber sein Wunsch geht in die gleiche Richtung.

"Robert, wenn du wüsstest, wie oft ich mit Mitglied 231 gesprochen habe ... Tatsache ist, dass sie berühmt ist, weißt du? Zu viele Augen auf sie. Zu viele Menschen auf ihrer Spur. Es würde ein Wunder erfordern, ich weiß nicht, sie verhaften zu lassen. oder ... bah. Der Punkt ist, ich will mich nicht täuschen. Und wir haben hier sowieso etwas, das uns tröstet, meinst du nicht? "

Robert nickt nicht sehr überzeugt.

Angenehmer Zeitvertreib

Robert ist in seinem Zimmer und sieht sich die Nachrichten im Fernsehen an.

Wie lange dauert es? Sie sollten ein paar Minuten hier sein - denkt er.

Sie klopfen an die Tür.

"Ah, endlich"

Die modifizierten Menschen betreten den Raum mit einem Karren.

Gabriela ist traditionell X-gebunden, hat die Augen verbunden und einen Retraktor im Mund.

Wie Robert befohlen hat, trägt sie ein weißes Höschen und ein Tanktop.

Sie werden allein gelassen.

Als das Meerschweinchen anfängt, an den Leinen zu ziehen und sich fragt, warum das endlose Warten, dreht sich Robert mit sadistischer Geduld um und schaut sich seine Beute genau an.

Es ist das erste Mal, dass Sie feststellen, dass Ihre Träume wahr werden.

Das Meerschweinchen ist ein großartiges Exemplar. Jetzt, wo sie gefesselt ist, kann jeder Zentimeter ihres fabelhaften Körpers aus der Nähe beobachtet werden.

Mit einem Finger und sanft beginnt Robert sie hier und da zu ärgern und zu kneifen; Es ist schön zu sehen, wie sie zittert und ihre Muskeln stärker hervortreten. Sie können ihre Konsistenz testen, indem Sie im Brust- und Bizepsbereich kneifen und knabbern.

Butt ist eine Hymne zur Perfektion, gewunden und straff.

Robert spielt mit dem Gummiband des Höschens und testet die Festigkeit des Gesäßes.

Er hatte bereits einige Prostituierte gefesselt, aber alle stimmten trotzdem zu; und auf jeden Fall ließen sie sich auf sehr falsche Weise binden.

Jetzt war alles anders.

Außerdem hatte er einen solchen Körper noch nicht gesehen; Sicher, Monicas Körper war unerreichbar, aber dieser "Ersatz" war dennoch bemerkenswert. Außerdem hatte er nie Zeit, Monicas Körper genau zu untersuchen, außer bei den kurzen Gelegenheiten, bei denen sie ihn schlug.

Jetzt war Gabriela gefesselt und ihrer Gnade ausgeliefert. Ich wollte diesen Moment genießen.

Klack ... Klack ... Robert hatte beschlossen, sie stärker zu belasten, um ihre Bewegungsfreiheit zu verringern; Arme und Beine gut gestreckt, wenn auch nicht bis an die Grenzen.

Rass ... mit einer Schere die Träger des Tanktops oben abschneiden.

Eine prächtige Brust mit freiliegenden Rippen (je nach Position), aber mit schönen und festen Brüsten.

Der Retraktor ist oben an einer Stange befestigt, um die Kante hochzuhalten.

So viel Kraft und Stärke in seinen Händen.

Mit einem Zahnstocher sticht er ihre Schenkel, ihren Bauch und ihre Achselhöhlen.

Seine unwillkürlichen Reflexe befriedigen ihn am meisten.

Im Laufe der Zeit entdeckte sie, dass sie traditionellen Sex immer weniger liebte. Die vergeblichen Rebellionsversuche des Opfers erregen ihn heftig.

Raus mit dem Höschen.

Robert bewegt sich geduldig in ihren Genitalbereich und beginnt mit einer Pinzette nervig an den Haaren zu ziehen ... tac; Hier ist ein verschwundenes Schamhaar, was zum Stöhnen des Opfers führt.

Er mag es, schnelle und entscheidende Ausbrüche mit längeren und schmerzhaften Ausbrüchen für das Opfer zu wechseln, das zu schwitzen beginnt.

Schweiß lässt Gabrielas Körper optisch ansprechend strahlen.

Robert riecht daran und leckt es überall, dann geht er zurück zum schmerzhaften Wachsen.

Heute Abend versteht Robert, dass all seine früheren Leiden teilweise durch die Befriedigungen gerechtfertigt sein werden, die er aus diesem Moment ziehen wird. Gabriela ist das erste Opfer der Demütigung und des körperlichen Schmerzes, die der sadistische und geduldige Robert verursachen kann.

Robert benutzt das Unglückliche als Versuchskaninchen und experimentiert mit Elektrostimulation an ihr, wobei er Grenzen erreicht, an die er bei einem Menschen niemals gedacht hätte.

Er fühlt sich wie ein Gott und hat die volle Kontrolle über den schönen Sportler.

Das Vergnügen, das nach zwei Stunden Folter im Wechsel mit kleinen Spielen erlangt wurde, ist für Robert, der mehrere Stunden lang einschläft, sehr befriedigend.

Beim Erwachen sehen Sie Ihr Meerschweinchen erschöpft von der Position, in der es die ganze Nacht gefesselt war, aber immer noch auf Ihre Berührung reagiert.

Lassen Sie die am Retraktor befestigte Kette los, damit ich Ihr Gesicht sehen kann. Er küsst sie enthusiastisch mit einer Abneigung des Opfers und schlägt sie dann wütend, wobei er all seine Frustration über seine Enttäuschung über Monica auslöst.

Wenn er nur hier bei der armen Gabriela wäre ... ein Hauch von Nostalgie ergreift den Jungen.

In den folgenden Monaten arbeitete Robert hart daran, alle Überwachungssysteme sowie alle elektrischen und mechanischen Geräte, die sowohl für die Experimente als auch für die "Sitzungen" verwendet wurden, effizient zu halten. Dank seiner Fantasie und seines Genies kann er ein viel sichereres und effizienteres System entwickeln als sein jetzt alter Vorgänger.

Die Harmonie mit Sonia und die gemeinsame Leidenschaft, verstärkt durch ihren sehr ähnlichen Geschmack, ermöglichen es ihnen, hervorragende Forschungsergebnisse zu erzielen, die weit über die Prognosen von Mitglied 231 hinausgehen.

Sie werden oft nach dem Abendessen gefunden, um mit Meerschweinchen zu spielen, sie zu foltern, zu vergewaltigen und sogar zu demütigen.

In anderen Nächten bewundern sie jedoch nostalgisch die Fotos ihrer geliebten Monica G.

Eine Folter, die sie trotz der unzähligen Ablenkungen, die die Situation bietet, nicht ausführen können.

Weihnachten des Jahres 2018 steht vor der Tür, als Mitglied 231 an Heiligabend beide zu einem Treffen einlädt.

"Setz dich, meine Lieben. Du hast keine Ahnung, wie weit wir in den letzten Monaten gekommen sind, vor allem dank dir. Besonders über die neuen Prototypen modifizierter Menschen und die Fähigkeit, sie über andere modifizierte Menschen telepathisch zu steuern. Es war etwas, das niemand hätte gedacht. Nicht einmal ich versuchte es mir vorzustellen. Ganz zu schweigen von den modernisierten Strukturen dank des Genies unseres Robert."

Robert und Sonia sehen sich ein wenig gerötet an, sind sich aber bewusst, dass die Komplimente verdient sind.

"Es gibt jedoch etwas, das sie ein wenig traurig macht, jeder weiß es, auch wenn sie nie darüber sprechen."

Die beiden wissen nicht, wie sie auf die Frau reagieren sollen.

"Nun, ich nehme normalerweise keine persönliche Arbeit für solche Dinge, aber ich habe eine Ausnahme für sie gemacht, als sie mitgemacht haben und der Gruppe so viel gegeben haben."

Sie sehen ein bisschen überrascht aus und fragen sich, was die Worte der Frau bedeuten.

"Nun ... um ehrlich zu sein, ich weiß nicht, ob ich es hätte tun können, wenn die Ereignisse mir nicht geholfen hätten ... unter anderem ist es lustig, dass morgen Weihnachten ist; nun, ich kann es kaum erwarten, bis morgen dich mit einem Geschenk überrasche ... "

Sonia unterbricht ...

"Und dieser Schnitt, Mitglied 231?"

Weihnachten 2018 - das schönste Weihnachten

Monica G., auch bekannt als Fantastic Girl, wacht auf dem Boden einer seltsamen, fast futuristischen Zelle auf. Es scheint ihm, dass er in einem Science-Fiction-Film ist, die weißen Wände, das schwache Licht, ein Glas, durch das nichts zu sehen ist.

Sie steht etwas fassungslos auf. In dem Moment, in dem er merkt, dass er seine graue Verkleidung hat, aber nicht mehr die Maske, erinnert er sich an alles: die Nacht, den Kampf, seinen Sieg, den Pfeil ... und dann wieder die Polizei, die Fremden, die einbrechen. , dann nichts.

Wo ist? Sie ist in einer Zelle gefangen, aber wo?

Da er nicht weiß, was er tun soll, beginnt er gegen das Glas zu treten und zu drücken, aber ohne andere Wirkung als seine Schulter zu verletzen. und sagen Sie, dass er dank seiner Stärke mehrere Türen auf diese Weise und nicht auf subtile Weise aufgebrochen hatte.

Ein Licht auf der anderen Seite des Glases.

Ein Dutzend Männer in blauen Overalls betreten den Raum auf der anderen Seite des Glases, dieselbe Art Uniform, die Sie zuvor gesehen haben. Sie sind alle bewaffnet, zwei tragen ein Auto mit seltsamen Geräten, Monica kann nur einige seltsame Gurte erkennen, die anscheinend zur Immobilisierung dienen.

Endlich eine Frau ... warte, er erkennt sie, sie ist dieselbe von der Polizeistation aus Sonias Zeit und dieselbe, die ihr die schicksalhafte Frage gestellt hat: "Bist du ein Fantastic Girl?"

"Was ist hier los? Wo ist die Polizei? Wer bist du, was willst du von mir? Ich habe niemanden getötet, nicht einmal gestohlen, das ist illegal ..."

"Aber wie viele Worte, meine liebe Monica oder Fantastic Girl, was du willst. Hör zu, ich werde dir alles später und sehr ruhig erzählen

... ähm, du wirst mir nicht glauben, aber wir haben viel Zeit zur Verfügung ..."

"Zeit? Ich habe keine Zeit für jemanden, jetzt möchte ich einen Anruf tätigen, ich habe das Recht ..."

"Ssshhhh, siehst du, meine liebe Turnerin - Heldin, das erste, was du verstehen musst, ist, dass du von nun an keine Rechte mehr hast, ob es dir gefällt oder nicht. Jetzt fang bitte an, diese dumme Verkleidung auszuziehen ..."

"Hör mir gut zu, du verdammte Hure, ich weiß nicht wer du bist, aber ich bin bekannt, sie werden mich suchen, ich nehme keine Befehle von irgendjemandem entgegen ..."

"Eeeehhh, ich wusste bereits, dass dies so enden würde, meine Herren, aktivieren Sie die 'Heizung' ..."

Ein Mann in einem blauen Anzug drückt einen Schalter.

Die Lichter gehen aus, Monica kann außerhalb des Glases nichts mehr sehen, während der Gefangene von außen deutlich sichtbar ist.

Innerhalb von Sekunden wird die Luft schwerer, wärmer und nicht mehr atmungsaktiv.

Monica beginnt sich zu fragen, wie das passieren könnte, wo zum Teufel ist sie? Die Hitze wird unerträglich, die Luftfeuchtigkeit ist sehr hoch.

Monica ist sehr körperlich vorbereitet, aber nach ein paar Minuten bekommt sie Atemprobleme. Aber er will die Frau nicht befriedigen.

Plötzlich wird die Zelle durch Metallstangen in zwei Teile geteilt.

Der Bereich, in dem Sie sich befinden, bleibt derselbe. Im anderen Bereich sieht Monica eine Art Düse aus der Decke kommen. Ab einem bestimmten Punkt tritt Wasser aus der Düse aus.

Monica beginnt zu verstehen.

Mit aller Kraft versucht sie, die Stangen zu biegen, um irgendwie vorbei zu kommen, aber sie ist nicht nur vom Betäubungsmittel betäubt, sondern auch von der plötzlichen Hitze erschöpft.

"Siehst du, mein lieber Gymnastikfreund, du hättest inzwischen erkennen sollen, dass du, wenn du auf die andere Seite willst, dieses dumme Kostüm ausziehen musst, du siehst, dass die Bars immer noch da sind, bis du es ausziehst. Oh, und du weißt, wir können dich erschießen jederzeit ein Beruhigungspfeil und mach was wir wollen, wenn du dich als dumm erwiesen hast. Hey komm schon, jetzt ist die Temperatur über vierzig Grad, das Wasser ist ziemlich kalt, willst du nicht abkühlen? "

Monicas Überlebensinstinkt überwiegt den Stolz.

Nicht ohne Schwierigkeiten schafft er es angesichts der Feuchtigkeit, Müdigkeit und des Schweißes, sich vollständig auszuziehen und seine "dumme Verkleidung" zu Boden zu werfen.

Nichts passiert.

"Hey, ich bin nackt geworden, was soll ich sonst noch tun? Verdammt!" Monica schreit mit einem Anflug von Frustration in ihrer Stimme.

Nach einem sadistischen Warten antwortet die Frau.

"Steck die blöde Verkleidung in diesen Schlitz"

Ein Behälter kommt unter dem Glas hervor. Monica zieht das Kostüm an.

Mitglied 231 schnüffelt den Schweiß vom Meerschweinchen im Kostüm.

Als Antwort drückt ein Mann einen Schalter, die Stangen werden angehoben, Monica wirft sich in die Dusche und lässt das Wasser über ihren ganzen Körper gleiten, wobei sie die neugierigen Augen ihrer Entführer ignoriert.

Die Lichter gehen wieder an.

Die Frau applaudiert.

"Gut gemacht, siehst du, dass du nicht so dumm bist, wie dein Aussehen vermuten lässt?"

Die Frau beginnt ihre Beute in einem anderen Licht zu sehen; denkt bei sich.

"Verdammt, was für ein Körperbau. Jetzt verstehe ich die Besessenheit von Robert und Sonia von dieser Frau. Ich glaube nicht, dass ich jemals ein so gut gemachtes Meerschweinchen unter all den Athleten gesehen habe, mit denen ich in über zwanzig Jahren experimentiert habe, obwohl ich Männer mag. "Eine solche Frau kann jeden in eine Lesbe verwandeln. Fast ... ich könnte sie sofort bewegungsunfähig machen, aber mal sehen, wie der Kampf weitergeht; ich habe es jahrelang nicht getan, aber ich werde dich glauben lassen, dass du entkommen kannst ..." obwohl sich veränderte Menschen beschweren, wenn einer ihrer Gefährten verletzt ist "

"Jetzt, meine schöne Monica, werden meine Männer eintreten und Sie bewegungsunfähig machen. In der Zwischenzeit habe ich andere Dinge zu tun. Bitte verhalten Sie sich, wenn Sie nicht ... bestraft werden möchten. Meine Herren, es liegt ganz bei Ihnen. Ich überlasse die Schlüssel zum Gebäude in den Händen des Kapitäns." Bring sie in fünfzehn Minuten ziemlich gefesselt ins Büro. "

Mitglied 231 lässt die anderen zehn modifizierten Menschen herein, die nur mit Schlagstöcken, Ketten und Handschellen bewaffnet sind, einer in einem roten Anzug, der sich von den anderen unterscheidet.

Monica ist nackt, nass und erschöpft von der Hitze, aber ihre Kampfgewohnheit hat sie gelehrt, jede Situation zu bewerten.

Zählen Sie zehn, von denen der rote unbedingt der Kapitän sein muss. Sie scheinen keine anderen Waffen als Schlagstöcke zu tragen. Und nach allem, was sie versteht, wollen sie, dass sie lebt. Das ist ein großer Vorteil für jemanden wie sie. Angesichts der absurden Situation beschließt er, mindestens einen verzweifelten Versuch zu unternehmen.

Zwei von ihnen kommen mit Handschellen und Krawatten hinter ihr her, zwei weitere vor ihr; Die anderen warten mit Schlagstöcken, die bereit sind, einzugreifen.

Wenn sie ihre Arme von hinten nehmen, hält sie sie fest und wirft sie gegen die beiden vorne, wirft sie auf den Boden; Die beiden von ihr ergriffenen werden neutralisiert, indem beide Köpfe heftig gegeneinander geschlagen werden.

Jetzt nähern sich fünf mit Schlagstöcken bewaffnete Männer von allen Seiten gleichzeitig. Mit einem kraftvollen, schnellen, instinktiven Sprung startet er sich auf einen, entwaffnet ihn und verdient sich einen Verein. Die anderen stürzen sich auf sie und zwei schaffen es, heftig auf die Knie zu schlagen, wodurch sie fällt. Die anderen beiden nutzen den Vorteil und schlagen sie erneut in den Bauch, aber sie umgibt sie mit einem Salto, fast als hätte sie die Schläge nicht bemerkt.

Mitglied 231 beobachtet die Szene von einer versteckten Kamera aus. Er hatte zehn kampferprobte modifizierte Menschen geschickt, die mit Schlagstöcken bewaffnet waren. Er kämpfte mit beeindruckender Leichtigkeit gegen sie. Seine Sprünge und Tritte waren unglaublich. Drei von ihnen blieben übrig. Monica hatte den Schlagstock fallen lassen, ihre Arme noch tödlicher. Mit seinen Marmorbeinen drückte er ein Opfer, bis er ohnmächtig wurde, während er mit beiden Händen den Rest zu Boden hielt. Er spricht den einzigen Überlebenden an, den "Kapitän".

Nach allem, was er sehen konnte, lebte wahrscheinlich noch weniger als die Hälfte. Eine tödliche Waffe, ein wilder Kämpfer.

Der arme Mann gibt ihr zitternd die Schlüssel, dann schlägt sie ihn mit der Faust, als wäre sie aus Papier.

"Außergewöhnlich. Nehmen Sie noch zwanzig in ..."

Mitglied 231 verlässt den Monitor, um herunterzufahren.

Die Gruppe der modifizierten Menschen ist nicht nur zwanzig, sondern verfügt auch über ein Netzwerk, das ihre Arbeit erleichtert.

Nachdem sie sie wie ein Tier mit dem Netz gefangen haben, schaffen sie es, sie an Rücken und Knöchel zu fesseln und ihr eine Art Kragen anzulegen.

Sie nehmen es aus dem Netz.

"Nachsehen"

Monica steht vor Mitglied 231, ungefähr acht Zoll größer als sie.

Aus der Nähe kann er ihren Körper schätzen, der immer noch vor dem heftigen Kampf hechelt, der immer noch andauert.

Ein modifizierter Mensch hält sie gefesselt, zwei andere halten ihre bereits gefesselten Arme mit zwei Ketten an den Knöcheln, die ebenfalls gefesselt sind.

Nackt und nass.

Was beeindruckt, ist die unbändige Weiblichkeit, Schönheit kombiniert mit Stärke, ein Exemplar, das einzigartiger als selten ist.

Diese pochenden Brüste waren so attraktiv.

"Weißt du Schatz, ich bin definitiv hetero, ich bin verrückt nach Männern. Aber du ... hier ist etwas Einzigartiges, geformtes Bauchmuskel ... welche Arme und Schultern ... und deine Beine, welche Perfektion ... du bist verschwitzt. .. heiß "

Die dunkelhaarige Athletin stammt aus der Zeit, als sie von Sonia gefesselt und gefoltert wurde.

Jetzt war er in einer viel schlimmeren Situation und nicht nur, weil er keinen Ausweg sah.

Gefesselt Nackt Die Augen dieser Frau sind auf sie gerichtet.

Sein Herz beginnt stark in seiner Brust zu schlagen, als die Frau beginnt, seine Brüste, seinen Bauch und sein Gesäß zu streicheln.

In einer letzten verzweifelten Anstrengung schafft er es, die Kraft zu finden, mit beiden Füßen an das Gesicht der Frau zu treten, das jetzt mit einer blutenden Lippe auf dem Boden liegt.

"Verdammt meine Dummheit ... geh niemals persönlich in die Nähe eines Meerschweinchens. Leg sie ins Bett, benutze doppelte Leinen!"

Die modifizierten Menschen kämpfen trotz der zahlenmäßigen Überlegenheit, der Handschellen, Leinen und Ketten, die bereits an Monica befestigt sind, lange bevor sie sie vollständig an das Bett binden, ihr die Augen verbinden und sie mit einem Retraktor würgen.

"Jetzt ist es sicher, Ma'am"

"Gut. Bleib weg"

Er nähert sich dem Bett mit der Frau, die wie eine Salami gefesselt ist.

Die Anzahl der Träger begrenzt etwas den Prozentsatz der nackten Haut, der bewundert werden kann, aber es ist trotzdem ein schöner Anblick, und an diesem Punkt ist es am besten, sicher zu sein.

"Siehst du, Schlampe, niemand hat mich jemals getreten. Jetzt bin ich eine schöne Frau und ich werde dir nichts antun, weil ich dich intakt lassen muss für ... zwei Leute, die du gut kennst, du bist ein Preis für sie, weißt du?" Und ich halte mich zurück Die Zeit wird kalt kommen, wenn ich dich bezahlen lassen werde. Wie ich Ihnen bereits sagte, fehlt es überhaupt nicht an Zeit "

Nachdem dies gesagt ist, nimmt er ihre rechte Brustwarze und drückt sie fest.

Monica krümmt sich mehr vor Demütigung als vor Schmerz.

"Ich mag das Geräusch eines nackten Körpers an den Trägern. Bring es ins Büro. Binde es an den 'Dessert'-Wagen, ich werde es selbst reparieren."

Monica sieht wegen der Augenbinde nichts, sie hat nur das Gefühl, dass sie woanders hingebracht wird.

Eine Tür schließt sich. Die erfahrenen Hände mehrerer Personen legen schnell neue Gurte an, bevor Sie die alten entfernen. Mit Erfahrung und manischer Geduld ist sie bewegungsunfähig.

Kaltes Wasser am ganzen Körper.

Seife.

Die Hände mehrerer Menschen, aber eilen, verspüren kein Verlangen. Es fühlt sich an wie ein Objekt.

Sie spülen ihn ab.

Mit dem gleichen Verfahren machen sie sie jetzt in einem Auto fest, das immer festgehalten wird.

Es erstreckt sich, bis überprüft wird, ob keine Bewegungsmöglichkeit besteht.

Als ob das nicht genug wäre, legen sie Riemen über und unter den Knien, an den Oberschenkeln sowohl in der Mitte als auch in der Nähe der Leiste, an der Taille, am Bauch, über und unter den Brüsten, am Hals, oben an und unter den Ellbogen. Im Mund ein weiterer Retraktor mit einer ansteigenden Stange, die einzige Öffnung, durch die er atmen kann, da die Nase mit Clips verschlossen ist. In den Augen ein Rand, der ihm nicht nur nichts zeigt, sondern ihm auch nicht erlaubt, seinen Kopf einen Zentimeter zu bewegen.

Es ist unaufhaltsam unbeweglich.

Wenn sie sie hätte töten wollen, hätten sie es getan. Was wird mit ihr passieren? Über welche zwei Leute sprach sie?

Seine Gedanken werden durch das Gefühl einer Art Schaum unterbrochen, der auf seinen Körper gesprüht wird.

Sie ziehen einen Schalter und spüren, wie die Temperatur sinkt.

Wir bleiben mit Robert und Sonia im Büro.

"Und dieser Schnitt, Mitglied 231?"

Die Dame lächelt und zeigt einen Schnitt auf ihrer Lippe.

"Sie lesen nicht die Zeitungen, oder? Besser so, alles wird schöner. Ah, der Schnitt, den ich habe? Nun, keine Sorge, nichts Ernstes, wer auch immer es getan hat, wird Zeit haben, es zu bereuen, angesichts dessen, was hier auf Sie wartet. Jetzt Ich bin damit einverstanden, heute Abend meine Gäste zum Abendessen zu sein. Übrigens habe ich mir erlaubt, die Telematiksysteme in Ihren Zimmern zu sperren, damit Sie den Nachrichten nicht folgen können ... sondern nur für heute Abend. "

"Wir akzeptieren gerne, Mitglied 231. Wir sehen uns heute Abend."

Mitglied 231 isst im Allgemeinen alleine oder mit allen anderen und speist selten mit anderen Personen.

Robert und Sonia gehen in das Zimmer ihres Chefs.

"Willkommen, komm früh. Ich verstehe dich, weißt du? Nehmen Sie Platz."

Drei Stühle, nichts dazwischen.

"Aber was...?"

"Kellner, bitte"

Zwei modifizierte Menschen kommen mit einem Wagen herein.

Robert erkennt den Wagen: Die Opfer sind vollständig bewegungsunfähig und ihre Körper werden mit Lebensmitteln übergossen, um das Abendessen auf ungewöhnliche Weise aufzuhellen. Diesmal war der Körper vollständig bedeckt. Ein Kühlschrank hielt die Temperatur niedrig, um die Creme aufzubewahren. Ein Meisterwerk, diesmal waren sie beschäftigt. Creme und Baiser am ganzen Körper. Die großen Brüste waren mit Sahne und Kirschen an den Brustwarzen bedeckt. Das Gesicht war mit einer hohlen Melone und einem Schinken bedeckt. Oben ein Atemschlauch. Eine Kokosnuss in der Mitte in der Leistengegend, strategisch. Und dann Sahne. Sahne und Baiser.

Die niedrige Temperatur ließ das Meerschweinchen schaudern, aber aufgrund der unzähligen Gurte, die es enthielten, war eine Bewegung fast unmöglich.

Sie war vollständig bedeckt, aber sie konnten bereits vermuten, dass der Körper der Frau spektakulär war: groß, scharf, aber mit beträchtlicher Muskelmasse, einer straffen und vollen Brust; und sie hatten noch nicht das Beste gesehen.

Der Kellner bringt geschmolzene Schokolade.

"Bedienen Sie sich"

Sonia gießt heiße Schokolade auf seinen Bauch. Das Opfer schnappt nach Luft, gefolgt von einem "nnnggghhhhh!" erstickt.

Die Gäste beginnen, die Delikatesse aus dem Bauch zu genießen.

"Schön dieses Arrangement, wir sollten es etwas öfter machen"

Robert scherzt und taucht seine silberne Gabel in das Baiser.

Nach ein paar Minuten ist der Bauch ziemlich nackt. Diners können die muskulösen, geformten Bauchmuskeln schätzen, aber immer noch gewunden und glatt. Das Meerschweinchen ist dunkelhäutig, aber westlich.

Robert neckt sie gerne mit der Spitze seiner Gabel und verursacht kleine, nicht wahrnehmbare Kontraktionen der Bauchmuskeln.

Mitglied 231 deaktiviert das Kältemittel.

"Zeit es zu versuchen, meinst du nicht?"

Sonia gießt heiße Schokolade über ihren jetzt unbedeckten Bauch. Das Meerschweinchen stößt einen Schrei aus und windet sich mehr. Trotz der Gurte lassen seine Züge das Sahnehäubchen auf die rechte Brustwarze auf Sonias Seite fallen.

"Aber sieh mal, es sieht so aus, als ob unsere kleine Freundin rebelliert. Schau, Robert, sie hat das Dekor ruiniert."

Robert greift ein.

"Nun, in der Zwischenzeit lassen Sie uns die Gurte abkleben."

Monica schafft es durch die Decke des Essens, die Stimmen zu hören. Diese vertrauten Stimmen ... nein ... das kann nicht sein. Es muss ein Albtraum sein ...

"Wo ist der Knopf, Sonia? Ah, da ist es, wie dumm"

Diesen Namen zu hören, ist für Monica wie ein Schlag ins Herz, die sich in Panik mit all der Kraft zu winden beginnt, zu der sie fähig ist.

Der andere Zuckerguss fällt ab, ein Teil des Baisers um die Arme gibt nach, die Gurte scheinen sich zu lockern.

Robert drückt einen Knopf.

Die Leinen werden festgezogen, bis sich das Meerschweinchen wieder beruhigt, das jetzt stärker atmet.

Die Anstrengungen und der Schweiß haben einen Teil der Dekoration zum Schmelzen gebracht. Jetzt können Sie neben dem bereits freigelegten Bauch auch die Schultern, Achselhöhlen, Bizeps, Oberschenkel sehen.

Jetzt können die beiden mehr Details des Körpers des Opfers sehen, die Muskeldefinition und die Festigkeit des Fleisches schätzen. Sie erinnern sich nicht daran, jemals ein solches Meerschweinchen gesehen zu haben.

"Diese Creme sieht appetitlich aus"

Das setzt Sonia unter Druck und sie beginnt sofort, gierig ihre Brüste zu lecken, gefolgt von Robert.

Es geht nicht nur darum, die ausgezeichnete Creme zu essen, sondern auch darum, fantastische, reichlich vorhandene, feste, runde Brüste zu entdecken, die perfekt mit den Brustmuskeln verbunden sind und in großen, dunklen und fleischigen Brustwarzen gipfeln.

Nachdem sie die Gurte über und unter den Brüsten gelöst haben, beobachten sie, wie sich die Brüste durch die Kontraktionen der Brustmuskeln vital und rebellisch bewegen.

In den Achselhöhlen beginnt sich Schweiß zu bilden.

Die beiden reichen ängstlich ihre Finger und Zunge.

"Ich möchte sehen, wie sie sich windet ... ich habe eine Idee"

Robert legt seine Hand auf den Schnorchel und schließt ihn.

Nach einer Minute beginnt sich das Meerschweinchen wie eine Wut zu bewegen. Währenddessen beißt Sonia auf böse Weise auf die Brustwarze, wodurch das Meerschweinchen springt.

Robert öffnet die Atemschutzmaske.

Die Brust beginnt sich hektisch zu heben und zu senken, Robert nutzt die Gelegenheit, um sie gierig zu lecken.

Wiederholen Sie das Spiel drei- oder viermal und achten Sie darauf, dass die Creme bereits fast vollständig aufgelöst ist.

Mitglied 231 beobachtet sie mit Vergnügen; er fragt sich, ob sie schon etwas vermuten. An diesem Punkt knabbert er auch am inneren Oberschenkel des Meerschweinchens und beobachtet, wie sich seine Muskeln zusammenziehen. Es war ihm nie passiert, dass er eine Frau wollte ... bis jetzt.

Nach zwanzig Minuten grausamer Spiele ist der Körper bis auf die Träger völlig nackt. Und das Gesicht bedeckt.

Robert und Sonia halten für einen Moment inne, um es zu bewundern.

Die Definition, die Krümmung des Ganzen ist unglaublich. Beine, die Marmorgesäß zu haben scheinen.

"Ich muss sagen, dass wir diesmal eine Grenze erreicht haben. Ich glaube nicht, dass es einen schöneren Körper als diesen geben kann. Wessen Gesicht wird das sein. Nur eine Person kann dazu passen, und Sie wissen, wen ich meine, Robert ..."

Die beiden sehen sich an.

Der Schatten des Zweifels kreuzt ihre Gesichter.

Mitglied 231 bekommt es.

"Leute, ich denke du willst diesen Moment alleine genießen, aber zuerst ... hier, die gestrige Zeitung. Ich schlage vor, du liest den Titel auf der zweiten Seite ... dann kannst du diese dumme Melone wegnehmen."

Er geht weg und verlässt den Raum.

Sie erkennen beide, dass vielleicht ...

Ihre Herzen schlagen tausend.

Sonia liest laut vor:

"SENSATIONAL: Fantastic Girl entpuppt sich als das Versprechen der Weltsportlerin Monica G., die von allen wegen ihrer sportlichen Begabung, nicht zuletzt wegen ihrer Schönheit, als fast fremd angesehen wird. Aber am Tag der Gefangennahme schafft sie es irgendwie zu fliehen. Vielleicht mit der Hilfe Tatsache ist, dass sie zwei Wachen neutralisiert hat und geflohen ist. Niemand findet sie, sie ist nicht zum Training erschienen. Die Polizei hat bereits den Grenzalarm ausgegeben. Die Wahrheit ist, dass sie, bevor sie eine von allen geliebte Heldin war, nach dem Töten war zwei Offiziere sind des Mordes schuldig ... "

Monica hört Sonias Worte und beginnt verzweifelt zu weinen. Jetzt ist alles klar. Sie ist nackt, bewegungsunfähig und zwei verrückten

Psychopathen ausgeliefert. Mit der Kraft der Verzweiflung und des Weinens zieht sie unnatürlich an den Riemen und schafft es, die zu brechen, die ihren rechten Ellbogen umgeben.

Robert drückt den "Notfall"-Knopf und zusätzliche Gurte lösen sich sofort aus dem Mechanismus und machen das Meerschweinchen unwiederbringlich bewegungsunfähig. Jetzt können Sie ihre Tränen der Verzweiflung unter der Melone sehen.

Robert und Sonia nähern sich dem Meerschweinchen, wischen langsam das kleine Futter auf dem Körper mit Servietten ab und bleiben sadistisch in allen berührungsempfindlichen Bereichen, während sie sich verzweifelt windet.

Wenn er nicht mehr die Kraft hat zu weinen, kümmern sie sich um die Melone und die Röhre und legen sein Gesicht und seine Augen frei.

Monica hat es schon verstanden, aber sie ins Gesicht zu sehen ist wie ein Stich. Wie konnte das passieren? Sie wird niemals ihre Eigenart verzeihen, ein Superheld zu sein

Sonia und Robert beobachten sie begeistert. Ein Traum wird wahr.

Monica, in seiner Gegenwart, wehrlos, aber mit aller Kraft. Ihre körperliche Stärke wird Ihnen nichts nützen. Jetzt gehört es ihnen.

Als Besessene beginnen sie, sie ins Gesicht und auf die Ohren zu küssen und sie mit neuem Verlangen zu streicheln. Während Robert sich um das Gesicht und die Brüste kümmert, gleitet Sonia mit nervöser Zunge und Fingern über Bauch, Oberschenkel, Gesäß und Genitalien.

Monica beginnt vor Panik und Frustration zu schreien, die im "Notfall"-Modus festgezogenen Gurte verhindern, dass sie sich bewegt, sie schwitzt seit einigen Minuten und nicht vor körperlicher Anstrengung.

"Lass mich gehen! Verdammt, was willst du von mir? Du Wurm, wir haben jahrelang zusammen studiert ... nein ... nein ... hör auf ... versuch es nicht, weißt du ... aaaaahhhhhhh!"

Robert, der sie entlüften lässt, beißt sich genervt auf die rechte Brustwarze und zieht schmerzhaft für das arme Meerschweinchen hoch, während er mit seiner Hand die linke drückt.

Sonia kümmert sich um den unteren Teil, nicht ohne einen Hauch von Bosheit, und ist sich des "Bades" bewusst, zu dem Monica sie gezwungen hatte. Er beißt, kneift, erforscht mit seiner Zunge.

Monica weint, atmet schwer und versucht sich einen möglichen Ausweg auszudenken.

Sie sieht seine prächtige Brust schweißgebadet glitzern, spürt das Verlangen seiner Peiniger, deren Zungen und Finger über sie gleiten.

Sie beginnt sich zu wundern, als ein seltsames Gefühl sie übernimmt; vergebliche Bemühungen, sich zu befreien, sind durch gutturale, fast tierische Geräusche gekennzeichnet. Die Gurte im Notfallmodus sind zwar sicherer, ermöglichen jedoch ein Minimum an Bewegungsfreiheit und sind elastischer. Auf diese Weise hat Mónica die Möglichkeit, sie zu zwingen und ihre imposanten Muskeln hervorzuheben. Vielen Dank an Robert und Sonia. Sie weiß, dass sie keine Chance hat, aber sie zieht weiter, wie ein Tier, fast ... fast so, als ob sie es mag, wenn diese beiden sie in diesem Zustand sehen. Nein, das ist nicht möglich.

Nach unzähligen Rucken, begleitet von Knurren, bemerkt Sonia ein unverkennbares Zeichen der Erregung des Meerschweinchens.

"Hey Robert, komm und sieh dir diese kleine Schlampe an ..."

Robert legt einen Finger in den Angriffsbereich.

"Aber schau, wer hätte das gedacht"

Sie lächeln das bewegungsunfähige Opfer an, das versucht, die Rötung auf seinen Wangen zu verbergen.

Monica versucht verzweifelt, den Gedanken zu verwerfen und beginnt zu schreien.

"Hilfe ... Hey, kann mich jemand hören? Ihr zwei habt sehr seltsame Ideen, verdammt noch mal, wenn ich mich jemals befreien sollte, werde ich dich nicht wieder aufstehen lassen, wie ich es die letzten Male getan habe."

Mitglied 231 stürmt mit zehn modifizierten Menschen in den Raum.

"Leute bitte ... wir haben viel Zeit dafür. Jetzt lass die modifizierten Menschen sie in ihre Zelle bringen und lass mich ein paar Worte mit ihr austauschen ... schließlich bist du mein Gast, du dreckige Schlampe."

Führen Sie einen Finger über ihren Bauch, um ihre Brustwarze zu erreichen und zu drücken.

Monica windet sich und sieht die Frau stolz und trotzig an.

"Sie und ich müssen uns darüber unterhalten, wer hier verantwortlich ist und wer mich NICHT so ansehen darf."

Er sagt, es sei streng, aber kontrolliert.

Die modifizierten Menschen fahren mit dem Auto.

FÜNFTER TEIL
MONICAS KÖRPER - FANTASTIC GIRL

Vorstellung des neuen Meerschweinchens

Es gibt viel Aufregung auf der Insel. Jeder weiß, dass es eine Neuerwerbung gibt. Es kommt ziemlich häufig vor, aber diesmal scheinen die Dinge anders zu sein. Zum Teil, weil jeder weiß, wer Monica G. ist, ihre sportlichen Fähigkeiten, wie sie als Superheldin gefangen wurde; Nach den Nachrichten über die Gefangennahme gingen alle ins Internet, um Fotos der Frau zu sehen, die aus Sportartikeln oder aus Videos stammen, an denen sie am Stabhochsprung teilgenommen hat. Vor allem wundert sich jeder, warum sie nicht wie alle anderen zu den Meerschweinchen gehörte. Dies führt zu einer leichten Unzufriedenheit auf der Insel, weshalb Mitglied 231 Robert und Sonia in sein Büro ruft.

Die beiden stehen immer noch unter Schock, weil sie ihr Objekt der Begierde eingefangen haben.

Sonia ergreift das Wort.

"Dieses ... Mitglied 231, wir wissen wirklich nicht, was wir sagen sollen ... Danke zu sagen ist klein"

Freudentränen in ihren gequälten Augen, fast ungläubig über die empfangene Gnade.

Robert begeistert, unfähig zu sprechen.

Jetzt können sie sich an dem rächen, der sie in der Vergangenheit gedemütigt hat, und es gleichzeitig haben, wann und wie sie wollen.

Die Fantasien der beiden toben, erneuert durch das, was sie sich immer gewünscht haben, mögliche Folter, Kraftprüfungen, sogar nackt und gefesselt im Raum, um sie zu demütigen.

Mitglied 231 stoppt die Schwärmereien der beiden.

"Leute, zuallererst, ihr habt mir nichts zu danken. Ein Exemplar wie Monica hier zu haben, war etwas, worauf wir lange gewartet hatten. Eine Gelegenheit wie diese ergab sich aus ihrer 'Dummheit', mit was ein Superheld zu werden Er hat es uns leicht gemacht. Der Grund, warum Sie mir für nichts danken müssen ... ist, dass JEDER auf der Insel ... Ihre

Qualitäten schätzen kann, und es gibt viele Tests - Experimente, für die eine Frau mit diesen Eigenschaften benötigt wird ""

Die beiden hatten es unter diesem Gesichtspunkt nie in Betracht gezogen, und ein Hauch von Wut - Eifersucht überrascht sie.

Sonia, ein wenig verängstigt, greift ein.

"Aber ... nun ... bei allem Respekt, aber die Verwendung eines weiblichen ... ähm ... Meerschweinchens mit diesem Potenzial für bestimmte Tests scheint eine Verschwendung zu sein ..."

"Oh, aber du meinst den Schaden, den es erleiden könnte ... weißt du was? Du hast die 'Regenerationsmaschine' praktisch fertiggestellt; nun, betrachte es als Anreiz, deine Vorbereitungen zu beschleunigen; und komm schon, du wirst es immer noch haben. Robert, du machst das wieder gut Es gibt sechs von uns, mehr als einmal in der Woche können Sie mit ihr "spielen", vielleicht sogar mit Ihrer Kollegin. "

Robert und Sonia fühlen sich durch ihre anfängliche überwältigende Begeisterung etwas erschrocken, aber sie erkennen die Situation, in der sie sich befinden.

"Sagen wir es so, Sie haben zwei Tage Zeit, um die Maschine fertigzustellen, also ... dann muss Monica durch die Hände unseres Pauls, des Liebhabers der Peitsche, und sogar durch meine Hände gehen, da sie und ich noch nicht fertig sind."

Monica verbringt die Nacht in ihrer Zelle. Ohne körperliche Müdigkeit würde ich nicht schlafen können; zu viele Fragen in seinem Kopf darüber, wo er ist, was ihn in Zukunft erwartet. Was ist der Zweck dieser Leute? Was werden sie mit ihr machen? Überleben bis? Sowohl die Demütigung als auch der körperliche Schmerz machen ihr Angst. Auf der körperlichen Ebene hatte er nie ein Problem mit anhaltenden Schmerzen und Müdigkeit. Aber was war das für ein Gefühl der Verlassenheit und Erleichterung, das sie wenig erfüllt hatte, als sie nackt und in den Händen dieser beiden gefesselt war?

Ein Klopfen auf der Matratze weckt ihn, sie trägt einen leichten Anzug.

"Wach auf, Liebes, mein eigensinniges Meerschweinchen."

Monica erkennt, dass dies nicht die Zeit ist, um zu rebellieren, und sagt dem Mitglied 231 nichts Respektloses.

"Stehen".

Sie gehorcht.

Normalerweise sollte Mitglied 231 zu diesem Zeitpunkt den modifizierten Menschen befehlen, hereinzukommen, ihre Hände und Füße zu bewegungsunfähig zu machen, sie dann ins Fitnessstudio zu bringen, sie zu trainieren, sie in Form zu halten; Heutzutage ist es am wichtigsten, das Potenzial und den Verwendungszweck zu bewerten.

Das normale Verfahren sieht vor, dass das Meerschweinchen nach einem Morgen Arbeit im Fitnessstudio und im Pool gefüttert wird, ein paar Stunden ruhen darf und dann gebeten wird, ein bestimmtes Training durchzuführen, das laufen kann, Elektrostimulation, Schwimmen oder spezifische Verbesserungen. Dann eine letzte Dusche, ein Abendessen und für die angenehmsten Exemplare ein Abend mit einem der Mitglieder der Insel, um ihren Aufenthalt zu "verschönern". Offensichtlich werden alle Meerschweinchen-Trainingseinheiten von mindestens fünf modifizierten Menschen überwacht. Meerschweinchen werden immer immobilisiert oder an Orten platziert, an denen sie keinen Schaden anrichten können (z. B. im Pool mit hohem Rand, auf dem eingezäunten Inselweg und im Fitnessstudio mit Bars).

Mitglied 231 lässt sich jedoch, anstatt das normale Verfahren zu durchlaufen, in Versuchung führen und hat nicht die Geduld, auf seinen Abend zu warten.

"Hör zu, Schlampe, ich möchte nicht, dass meine bewaffneten Soldaten dich festnageln, verletzen oder möglicherweise bestrafen; du solltest wissen, dass wir dich jederzeit mit Elektroschocker betäuben können, um deinen Gehorsam auf die eine oder andere Weise zu erlangen; also hoffe ich, dass du genug bist klug genug, mir zu gehorchen"

Schweigen.

"Nun, fang sofort an zu joggen."

Monica, ein bisschen überrascht von der Anfrage, beginnt zu joggen, obwohl sie über den Stolz, eine "Schlampe" genannt zu werden, verärgert ist.

Sein Trab auf dem Boden des Raumes ist leicht und ohne Schwierigkeiten.

"Nun, hebe deine Knie etwas höher"

Es tut.

Nach fünf Minuten leichtem Joggen spürt Monica nicht das geringste Anzeichen von Müdigkeit.

"Hebe sie höher"

Monica sieht aus wie eine Feder, sie hat nicht die geringste Schwierigkeit. Es ist beeindruckend, wie es Kraft mit Anmut und Elastizität verbindet.

Deine Beine sind eins mit deinem Körper in Bewegung.

Ein perfektes Ganzes.

"Hör auf, atme ein wenig"

Monica nutzt die Gelegenheit, um zu Atem zu kommen (auch wenn sie es nicht brauchte).

Mitglied 231 bemerkt keinen Schweißtropfen auf dem Gesicht des Meerschweinchens.

"Liegestütze, Monica; fang Liegestütze an; Füße zusammen und Körper gerade; hör nicht auf, bis ich es dir sage"

Beginnt.

Perfekt.

Eine beeindruckende Anlage.

Nach weiteren fünf Minuten zeigt es keine Anzeichen eines Nachlassens.

Mitglied 231 muss auf die Toilette gehen.

"Der Kapitän wird überprüfen, ob Sie noch Liegestütze machen; ich bin gleich wieder da; ah, bitte hören Sie nicht auf und verlangsamen Sie nicht, sonst ... nun, wir werden sofort etwas Schmerzhaftes finden, Schlampe."

Als die Frau weggeht, setzt Monica die Übung fort. Jetzt bedauert er etwas, dass er der Frau am Tag zuvor falsch geantwortet hat. Aber er weiß, dass er nach seinem Instinkt gehandelt hat und sein Stolz intakt bleibt.

Mitglied 231 kommt aus dem Badezimmer zurück und beobachtet das Meerschweinchen. Seine Bewegung ist immer regelmäßig und sanft, aber das Atmen beginnt schwierig zu werden.

Nach fünfzehn Minuten, wenn Sie einen Liegestütz pro Sekunde berechnen, haben Sie fast neunhundert Liegestütze gemacht.

Er hatte dreitausend männliche Meerschweinchen gesehen; Auf jeden Fall sank ihr Tempo dramatisch, als sie tausend erreichten. Monica ... na ja, nur ein bisschen nach Luft schnappen.

"Mit Ihnen möchte ich, dass die Überwachung verdoppelt wird ... oder besser, verdreifacht; Captain, lassen Sie weitere zehn kommen; es müssen fünfzehn sein, von denen fünf bewaffnet sind. Verdammt ... Ich möchte Sie schwitzen sehen, ich bin ungeduldig. Sie, stehen auf ein bisschen die Temperatur "

Getan.

Monica fühlt sich müde, Schweiß entsteht sowohl durch Erschöpfung als auch durch die Hitze im Raum.

Irgendwann wird es unweigerlich langsamer.

Mitglied 231 ist mit dem erzielten Ergebnis zufrieden.

"Nun, Glückwunsch; steh auf"

Monica atmet schwer und steht auf.

Für sie war es eine Show des Trainings, aber nichts besonders Anspruchsvolles; nur der Temperaturanstieg störte ihn.

Dies ist der Moment, auf den Sie gewartet haben.

"Zieh Dich aus".

Widerwillig tut er es. Raus mit der Oberseite des Anzugs.

"Völlig; ich will dich ganz nackt"

Getan.

"Beine auseinander und Hände über dem Kopf."

Diese Vision hat sie noch nie gesehen. Doch in all den Jahren hatte er viele Sportler gesehen, mehrere Schwarze; Schweiß bringt ihre schönen Formen zum Leuchten.

Aus der Zelle heraus tut Mónica, was befohlen wird, um sofortige Vergeltungsmaßnahmen zu vermeiden, und behält gleichzeitig einen stolzen Blick bei, der ihr nicht unterwürfiges Temperament bezeugt.

Auf ein Signal der Frau hin betreten zehn modifizierte Menschen die Zelle und fixieren sie mit doppelten Gurten (wie von der Frau angeordnet) an einer Stange mit Haken, die von der Decke der Zelle aufgetaucht sind, die anderen fünf in sicherem Abstand mit den Betäubungswaffen, spitz.

Bis ihre Handgelenke an der Decke befestigt sind, hat Monica immer noch ihre Beine frei und sie weiß, dass sie mindestens fünf oder sechs davon ausschalten könnte; aber wie soll man mit anderen und besonders mit bewaffneten Männern umgehen? So können auch Ihre Knöchel am Boden befestigt werden. Sie ist jetzt X-gebunden im Stehen.

"Zieh es ein bisschen hoch."

Der Kapitän bedient die Bar mit einer Fernbedienung, indem er sie näher an die Decke bringt. Wenn Monicas Füße vier Zoll über dem Boden stehen und ihre Bewegungen auf ein bestimmtes Schwanken beschränkt sind, stoppt der Mechanismus.

Mitglied 231 ist voller Ehrfurcht.

Er nähert sich Monica langsam in Ketten und schnüffelt an ihr.

Ihr Schweiß ist angenehm im Geruch. Die Brüste haben nach Anstrengung eine schöne rosa Farbe; Die Brust hebt und senkt sich und zeigt die tierische Weiblichkeit der Frau.

Zunge in den Achseln. Monica, die versucht hatte, bewegungslos zu bleiben, um die Frau nicht zufrieden zu stellen, zuckt unkontrolliert und zieht an den Riemen, sehr zur Anerkennung des Mitglieds 231.

"Mmmm, ist es möglich, dass du kitzlig bist? Wir werden sehen, wir werden sehen, vielleicht noch einen Tag. Jetzt lass uns in Ruhe."

Die modifizierten Menschen ziehen sich zurück. Monica fragt sich, was die Frau von ihr will. Er weiß, dass er ihre Lippe, die jetzt mit einem Verband bedeckt ist, nicht hätte verletzen sollen. Er macht eine instinktive Geste und beginnt an den Riemen zu ziehen, die jedoch teilweise elastisch sind und seine Anstrengung unversehrt und ohne nachzugeben absorbieren. Dann erneuert er hartnäckig die Anstrengung und schafft es, seine Arme und Beine gerade genug zu beugen, um mehr Hebelkraft zu erzielen.

"Hey Leute, kommt für einen Moment hierher zurück! Schnell"

Mod Menschen sind mit einem tollen Lauf zurück.

"Ich möchte, dass du mehr Gurte hinzufügst. Du solltest besser extrem sicher sein, auch wenn du sie sowieso nie brechen könntest, Schlampe."

Monica ist verärgert, behält aber ihr Verhalten bei und zeigt keine Ablehnung. In der Tat wäre es unmöglich gewesen, sich zu befreien, aber die Frau hat nach dem vorherigen Tritt große Angst vor ihm.

Jetzt ist es noch enger als zuvor, die zusätzlichen Gurte lassen Sie nur sehr wenig bewegen.

"Jetzt kannst du gehen"

Jetzt sind sie allein.

Mitglied 231 starrt Monica fünf Minuten lang an und bleibt regungslos. Monica sagt nichts und offenbart keine Emotionen.

"Nun, du hast gute Laune, Hund."

Monica hat einen stolzen Blick und vermeidet den Blick der Frau.

Das Atmen ist jetzt ruhiger.

"Du redest nicht. Was solltest du sonst sagen? Hündinnen reden nicht. Du könntest dich wenigstens für meinen Schnitt auf deinen Lippen entschuldigen, haben sie dir nicht Höflichkeit beigebracht?"

Schweigen.

Bei der Berührung der Frau am muskulösen Bauch springt Monica.

"Ah, aber da bist du ja. Hör zu, frech, in ein paar Tagen werde ich dich die ganze Nacht haben. Ich weiß nicht, woher du kommst, wie kannst du gleichzeitig so schön und stark sein? Manchmal habe ich gedacht, dass es niemanden wie diesen geben kann Planet. Oh, aber mach dir keine Sorgen. Ich werde dich leiden lassen. Körperlich. Und dann wirst du mich bitten, dir zu vergeben. "

Knabbern Sie am Bauch um den Nabel, lecken Sie die Brüste und Brustwarzen. Es scheint wie ein Traum. Er beißt auf ihre linke Brustwarze und Monica zuckt mehr mit Stolz als mit Schmerz zusammen und dreht ihren Kopf zur Seite.

"Du wirst nach unten schauen und mich bitten, dich zu küssen und sagen, dass ich deine einzige Göttin auf Erden bin."

Er beißt hart auf ihre Brustwarze, Monica unterdrückt einen Schrei, aber ein "nnnggghhhhh!" es entgeht ihm.

"Es ist in Ordnung für heute, aber es endet nicht hier ... wir werden uns bald wiedersehen; weißt du, ich habe das Kommando auf dieser Insel, das von der Welt vergessen wurde."

Monica hat beim Wort "Insel" einen Moment der Panik. Ihre Fluchtchancen sind praktisch gleich Null, wenn Sie sich auf einer Insel befinden.

Im Moment ist sie stolz darauf, dass sie der Frau nicht erlegen ist.

Die veränderten Menschen kehren zu ihrem Alltag zurück und der Tag vergeht reibungslos.

Sonia und Robert arbeiten fleißig an der Regenerationsmaschine.

In der Praxis ist es ein riesiges Ei, in dem jeder, der fünf Minuten lang drinnen sitzt, von allen Arten von Wunden, Krankheiten und Verletzungen heilen kann. Es kann nichts gegen normales Altern tun, aber das tägliche Tragen kann theoretisch Ihr Leben erheblich verlängern.

Nach mehreren Versuchen mit Meerschweinchen, nachdem sie geringfügigen Schnitten, Verbrennungen und Kratzern ausgesetzt worden waren, gingen Sonia und Robert weiter und setzten die Meerschweinchen schweren Traumata, Verstauchungen und teilweisen Verstümmelungen aus und heilten sie dann mit überraschenden Ergebnissen. Sie führen jetzt Tests durch, um die Zuverlässigkeit und Effizienz der Maschine zu verbessern.

Robert testet es an sich. Auch wenn er nicht verletzt oder krank ist, benutzt er es zwei Minuten lang. Einmal draußen, fühlt es sich an, als wären Sie gerade aus einem tagelangen Schlaf aufgewacht, brandneu, Ihre Haltung aufrechter, Ihr Körper straffer. Sie fragt sich, welche Auswirkungen es auf sie haben könnte. Sonia fragt ihn auch.

Sondertreffen.

Besprechungsraum mit Sonia, Robert, Julia, Samantha und Paul.

Mitglied 231 tritt ein, die anderen stehen als Zeichen des Respekts auf.

"Guten Morgen, liebe Kollegen. Heute präsentiere ich Ihnen die lang erwartete Monica. Männer und Frauen sind sehr neugierig. Unter uns gestehe ich, dass meine Heterosexualität sehr ins Stocken gerät, wenn ich sie ohne Kleidung sehe. Hey, sehen Sie sich diese Aufnahme an: nach ihrer Gefangennahme Ich habe sie gesehen und war sowohl von ihrem Körperbau als auch von ihrem Gesicht beeindruckt. Deshalb habe ich ihre Gymnastikfähigkeiten auf die Probe gestellt. Sie hat Mühe, ihr eine falsche Hoffnung auf Flucht zu geben. Ich kann Ihnen nur sagen, dass sie unbewaffnet war. (Abgesehen davon, dass ich nackt war, konnte ich nicht anders, als sie auszuziehen.) gegen zehn modifizierte Menschen, die mit Ketten und Schlagstöcken bewaffnet sind ... nun, schau ":

Der Film des Kampfes geht von den ersten Momenten, in denen sie im Moment ihres Angriffs umgeben gesehen wird, bis zu den Schlägen, die sie erhält, die wie nichts aufsteht, ihrem momentanen Sieg. Nach der Szene wird das Video mit dem Eintritt der anderen zwanzig fortgesetzt, die sie dank des Netzwerks und der offensichtlichen numerischen Überlegenheit nicht ohne Schwierigkeiten fangen. Die Kampfszene von Mitglied 231 wird von einem "Oohhh" von allgemeinem Erstaunen begleitet. Dann wurde sie mit Riemen an das Bett gebunden. Am Ende des Videos zeigen einige Standbilder einige fast unnatürliche akrobatische Bewegungen sowie seine großartigen Formen.

Julia und Samantha sehen sich notorisch geradlinig besorgt an.

"Mitglied 231, Sie haben Recht; ich kenne meine Kollegin Samantha nicht, aber wenn ich ein Exemplar wie dieses sehe, kann ich ganz leicht die Seite wechseln; hey, schauen Sie, wenn sie sie schlagen, sie hat eine verrückte Bewegung; tierisch, aber nett; kraftvoll, aber gewunden, Geschwindigkeit fast unmenschliche Hinrichtung ... mmm ... wer weiß, wie viele Dinge wir ihn dazu bringen können, es zu versuchen. "

Mitglied 231 greift ein.

"Nun, ohne weiteren Papierkram ist hier das Original."

Modifizierte Menschen tragen einen Käfig. Drinnen trägt Monica einen lila Badeanzug. Es ist an den Handgelenken, Knöcheln und mit einem Kragen an der Oberseite des Käfigs angekettet, mit wenig Bewegungsmöglichkeit. Verbunden und mit einem Refraktor im Mund.

"Ich habe sie geknebelt, sie ist rebellisch, ich möchte nicht, dass sie meine lieben Gefährten beleidigt. Sie hat mich bereits beleidigt, aber ich bin nicht anfällig ... nun, auch weil ich weiß, was sie erwartet."

Monica erkennt, dass sie von mehreren Personen beobachtet wird, täuscht aber Gleichgültigkeit vor.

Paul nimmt einen elektrischen Stachel und schlägt auf ihr rechtes Gesäß, wodurch das Meerschweinchen nach Luft schnappt, als es beginnt, sich zurückzuziehen. Obwohl die Ketten dick und sicher sind, ermöglichen sie Bewegungsfreiheit, indem sie den Bauch näher an die Vorderseite des Käfigs bringen. aber dort wartet Sonia auf sie, auch sie mit einem Stachel, und schlägt sie in den Bauch, um sich zurückzuziehen.

Die anderen machen mit und für Monica wird die Situation gelinde gesagt "dringend". Sie necken sie abwechselnd von jeder Seite des Käfigs, manchmal in kurzen Abständen, manchmal mit sadistischen Pausen, ohne ein Wort zu sagen.

Die Stacheln sind nicht besonders schmerzhaft, besonders für ein robustes und gesundes Exemplar wie sie, aber sie sind sehr ärgerlich und verursachen vor allem unkontrollierte Bewegungen des Körpers, was den Folterern ein schönes Schauspiel bietet.

Der einteilige Badeanzug verleiht Ihrer Persönlichkeit einen Hauch von Farbe, lässt jedoch wenig Raum für die Fantasie sadistischer Betrachter. Samantha weiß zu schätzen, wie ihr Körper beim Bewegen eine sehr sinnliche Muskeldynamik erzeugt, Dinge, die auf dem Foto nicht zu sehen waren.

Nach einigen Minuten wird Monica wütend und windet sich wie wilde Wut. Sie vergisst, dass sie vorgeschlagen hat, ihre Gefühle und Frustrationen einzudämmen, um denjenigen, die sie folterten, keine Befriedigung zu verschaffen.

Paul aktiviert sadistisch den Stachel im inneren Oberschenkel mit einer längeren Aktion für einige Sekunden und erhält ein durch den Biss ersticktes Grunzen. Das Geräusch von Ketten, die sich berühren, und der Anblick, wie sie dieses lebende Kunstwerk einwickeln, sind ein Segen für sadistische Folterer.

Monica ist erschöpft. Ihre Wut verwandelt sich in Frustration und sie kann die Tränen nicht zurückhalten. Trotzdem berühren die Stacheln sie unaufhaltsam immer wieder. Jetzt hebt und senkt sich seine Brust krampfhaft und außer Kontrolle.

"Halt."

Mitglied 231 befiehlt, das Meerschweinchen in die Mitte des Tisches zu bringen, um den die Kollegen sitzen.

„Liebe Kollegen, hier ist das Programm für die ersten Wochen: Jeden Morgen wird Monica trainieren, sie wird gemäß dem Verfahren in Form bleiben; Am Nachmittag werden wir alle Arten von Tests durchführen, insbesondere in der ersten Woche. Nachts, wenn wir uns schon vorstellen, dass jeder es haben will, wird die erste Runde unsere sein ... um mein Spielzeug zu sein, oder? ""

Er verspottet sie erneut mit seinem Stachel. Monica stößt ein "nnnggghhhhh" vor Wut aus, besonders beim Wort "Spielzeug", ohne zu wissen, was sie erwartet, und beginnt, an den Ketten zu ziehen. Da sie etwas verschwitzt ist, wirkt ihr Körper noch animalischer.

"Wir müssen einen Kalender vorbereiten ... ah, vorausgesetzt ich, Robert, Sonia und Paul wollen, ihr zwei, Julia und Samantha? Was denkst du? Du kannst auch mit den Jungs weitermachen, wenn du willst, zwingt dich niemand."

"Schauen Sie, Mitglied 231, wie ich bereits sagte ... das kann ich mit absoluter Sicherheit sagen, dass wir uns zum ersten Mal für den weiblichen Körper interessieren werden; dies übertrifft jedes andere Meerschweinchen, das wir hatten."

Als Samantha das sagt, fährt sie mit einem Finger vom Nabel zur Achsel des gefesselten Hundes, was zu einer weiteren unkontrollierten Reaktion und einem erstickten "nnggrrrrr" führt.

"Die bellende Schlampe beißt nicht; sieh dir ihren Körper an, sie sieht aus wie eine Wilde."

Mitglied 231 fährt fort.

„Also, am Montag Julia und Samantha, am Dienstag Paul, am Mittwoch Pause (nach Paul würde ich sehr gerne sehen, ob er noch prahlt), am Donnerstag I, Freitag Robert, Samstag Sonia, Sonntag Pause. Ich denke für die erste Woche könnte es so sein. Heute werden wir Ihnen einen Test Ihrer ... körperlichen Fähigkeiten geben, richtig, Hund?""

Berühren Sie, berühren Sie das Gesäß von hinten mit dem konsequenten Start von Monica.

Übungsroutine

"nnnggghhhhh"

Monica schnappt nach Luft, als die modifizierten Menschen ihren Knebel entfernen.

Jetzt ist es draußen; Zum ersten Mal merkt er, dass er wirklich auf einer Insel ist. Der Anblick des Meeres um Monica hat einen verzweifelten Anfang.

Aber jetzt müssen Sie herausfinden, was los ist.

Es gibt andere Leute, die wie sie gekleidet sind, sogar in verschiedenfarbigen Badeanzügen, Frauen in Bikinis oder wie sie in einem einteiligen Badeanzug, Männer mit Slips. Sie scheinen körperlich starke Menschen zu sein, Sportler verschiedener Art. Sie sind von bewaffneten modifizierten Menschen umgeben, einem Flur, der einem offenen Käfig ähnelt. Von ihrer Position aus kann Monica sehen, dass der Korridorkäfig so weit das Auge reicht weitergeht.

Nicht weit entfernt ist ein nackter Mann an der frischen Luft an einen langsam rotierenden Mechanismus gebunden, der ihn der vollen Sonne aussetzt. Monica flippt aus und ihr Blut läuft kalt bei dem Gedanken, was sie ihr antun könnten.

Mitglied 231 erscheint zusammen mit den beiden Idioten und anderen außerhalb des Käfigs.

"Guten Morgen, Meerschweinchen."

"Hallo, Mitglied 231"

Die Meerschweinchen reagieren verängstigt im Chor, Monica ausgeschlossen.

"Haben sie dir nicht beigebracht, wie man Hallo sagt, Schlampe?"

Monica steht mit einem stolzen Blick still.

"Du weißt, dass deine Stärke hier dir nicht helfen wird, oder?"

Sie nickt mit dem Kopf und acht modifizierte Menschen nähern sich ihr im Käfig mit ihren Waffen.

Monica sieht den unglücklichen Mann an, der gewaltsam in der Sonne gehalten wird und auf Stolz verzichtet.

"Guten Morgen Mitglied 231"

"Aber hey, wir lernen gute Manieren; du bist nicht so dumm wie du klingst, Schlampe ..."

Monica hat eine instinktive Bewegung, um auf den Zaun zu rennen, zu tasten, um ihn zu besteigen und erneut zu treffen, aber sobald sie eine Bewegung andeutet, blockieren die modifizierten Menschen ihren Weg und richten ihre Waffen auf sie.

Mitglied 231 grinst.

"Für diejenigen, die mit den Regeln nicht vertraut sind - ein Augenzwinkern an Monica - gibt es fünf Männer und fünf Frauen sowie weitere zehn, die gerade fertig sind, aber keine Ahnung haben, wie lange sie bereits fertig sind ... Sie werden eine Runde drehen Drei Kilometer. Wir starten in zufälliger Reihenfolge, sie werden zeitlich festgelegt. In jeder Runde halten der langsamste Mann und die langsamste Frau an und sie werden als zuletzt klassifiziert betrachtet. Im Übrigen erfolgt alle drei Kilometer eine Ausscheidung. Die Klassifizierung erfolgt in die Reihenfolge der Eliminierung und dann nach der Zeit Es versteht sich von selbst, dass die letzten drei verwendet werden ... für unangenehme Experimente, vom siebten bis zum vierten ... nichts zu tun, das zweite und dritte einen Tag frei und das erste ... eine ganze Woche frei "

Monica spürt die Spannung in den anderen "Konkurrenten". Es ist der vierte, der geht.

Sie wissen nicht, welche Strategie Sie anwenden sollen. sie schien zu verstehen, dass jeder ein Athlet ist; er muss mit den Frauen, von denen einige einen massiveren Körperbau hatten, um kurze Rennen konkurrieren; in diesen kann es sich über weite Strecken durchsetzen, hat aber Angst, auf den ersten drei Kilometern eliminiert zu werden. Ohne zu viele Berechnungen konzentriert er sich darauf, Teil einer großartigen Karriere zu sein.

Auf dem ersten Kilometer merkt Monica, dass der Mann, der nach ihr kam, aufholt. Dies sollte kein Problem sein, da sie mit Frauen konkurriert, aber es ist das erste Mal, dass ein Mann ihr folgt und noch schneller als sie geht; Vielleicht wurden die anderen Gefangenen aus der Welt der Leichtathletik "genommen". Darüber hinaus könnte die Art und Weise, wie sie jeden Tag gewartet und geschult werden, ihre Leistung steigern. Deshalb beginnt sie zu beschleunigen, ein wenig verängstigt und ängstlich durch die sogenannten "Experimente". Der Mann nähert sich ihr nicht mehr und hält einen konstanten Abstand. Am Ende der Inselrundfahrt sieht er die Gestalt eines Mannes, den er fast erreicht hat. Bei der Ankunft an der Ziellinie werden die modifizierten Menschen vorbereitet und die anderen mit Timern und Computern. Nach der Ziellinie die modifizierten Menschen halten ihn mit ihren spitzen Waffen auf; sie machen den Mann vor ihr bewegungsunfähig und schieben ihn aus dem Weg; es scheint ihm, dass er erschrocken ist und weint. Offensichtlich ist er der erste, der eliminiert wird, und sicherlich der letzte oder vorletzte, von dem er weiß, was ihn erwartet. Monica, die denkt, dass sie nicht mehr die letzte sein wird, nimmt die letzten Meter mit einer ruhigeren Geschwindigkeit, um sich auf ein Distanzrennen vorzubereiten.

Der Moment der Wahrheit: Sie passieren das Ziel ... Sie sehen keine bestimmten Bewegungen, Sie können fortfahren. Jetzt verstehen Sie die Grausamkeit des Spiels: Sie müssen ohne Referenz und immer in

Bestform laufen. Der Ansturm am Ende der Runde ermüdete sie ein wenig, aber sie gewinnt wieder an Kraft und Bewusstsein, indem sie an all ihre Workouts in der Vergangenheit denkt und denkt, dass sie schließlich Monica G. ist. Mit ihrer Atmung er erholt sich und beginnt sein Tempo zu beschleunigen. Nach der zweiten Runde ist sie noch im Rennen und dies tröstet sie angesichts der Angst, dass sie dem entkommen könnte, was mit ihr passieren könnte; Außerdem nähert sich der Mann, der sie erreichte, ihr nicht mehr, ein gutes Zeichen. Jetzt kommt er der Idee näher, mindestens einen Tag Freiheit gewinnen zu können.

Die arme Naivität, Monica merkt nicht, was in der Zeitfahrzone passiert. Mitglied 231 beobachtet die Zeitdaten ungläubig zusammen mit den anderen: Nach einer ersten Runde im Einklang mit den anderen Meerschweinchen war Monica die schnellste in der zweiten Runde, sogar vor den Männern; In der dritten Runde ist es die einzige, die die Zeiten verkürzt hat, anstatt sie zu verlängern. sein Tempo wird von allen bewundert: eine hervorragende Karriere, die ihm nicht die geringste Müdigkeit zu bereiten scheint; Erst nach den ersten sechs Kilometern sieht man Schweiß auf seinem prächtigen Körper, der seine bereits prächtigen und schlanken Formen verschönert. Mitglied 231 spricht seine Kollegen an:

"Wie Sie sehen können, scheint das, was über sie gesagt wird, zumindest im Rennen wahr zu sein. Da es sich um ein Beispiel handelt, das über alle Parameter hinausgeht, wird sie trotz der Verfahren, die zwei Rennen am selben Tag verbieten, im Pool antreten Sie könnte leicht gewinnen, ohne zu müde zu werden, aber wir werden sie glauben lassen, dass sie Vierte geworden ist ... es gibt keine Möglichkeit, ihr einen Tag frei zu geben, ich freue mich wirklich darauf, es zu versuchen. "

In der vierten Runde spürt Monica die ersten Anzeichen von Müdigkeit, aber ihr Rennen läuft gut und sie sieht die Möglichkeit, sich eine wohlverdiente Pause zu verdienen.

Aber in der vierten Runde halten sie sie mit ein wenig Erstaunen auf: Ist es möglich, dass jemand schneller war?

"Nun, Schlampe, da der erste Tag nicht schlecht ist. Mit einem Haar hast du nicht den dritten Platz belegt ... Geduld, es wird ein anderes Mal sein."

Sie machen sie bewegungsunfähig und bringen sie in das Internierungslager in ihre Zelle. Wasser nach Belieben und einige Nahrungsergänzungsmittel.

Nach fünfzehn Minuten völliger Ruhe nähern sich Robert und Sonia allein der Zelle.

"Hallo Monica"

Robert beginnt.

Sonia beobachtet, ohne sie zu begrüßen, den Körper von Kopf bis Fuß in ihrem einteiligen Badeanzug.

"Sei vorsichtig, Schlampe"

Robert lächelt.

Monica hat trotz der zehn Meilen mit halsbrecherischer Geschwindigkeit immer noch etwas Energie. Er wirft sich mit aller Kraft auf das Glas, tritt und schlägt, schreit und stürzt sich auf die beiden ehemaligen Teamkollegen.

"Verdammt! Was willst du von mir? Sie werden mich nie bekommen, aber ich werde mich zuerst umbringen! Verstehst du, du Monster der Natur? Und du Psychopath? Du wirst mich nie haben!"

Als Reaktion darauf betätigt Sonia den Schalter, der die Temperatur erhöht, wobei die Zelle in zwei Teile geteilt wird und das Wasser aus einer Dusche fließt.

Monica beginnt zu schwitzen, die Hitze wird nach ein paar Minuten unerträglich.

Sonia wendet sich an den verängstigten Robert:

"Mach dir keine Sorgen, sie liebt das Leben zu sehr, um Selbstmord zu begehen. Eine Sache sind die Worte, die von einem wütenden Tier gesprochen werden. Eine Sache ist, ernsthaft getötet zu werden. Weißt du, ich kenne sie. Nun, ganz genau."

Als Monica spürt, dass die Temperatur wieder steigt, merkt sie, dass ihre Schlacht verloren ist.

"Okay, das reicht, ich mache was du willst, sag mir einfach, wie ich das beenden soll."

"Pass auf Schlampe auf"

Monica tut es mit Tränen in den Augen.

Sonia drückt einen Knopf, dreht die Heizung herunter, hebt den Grill an und Monica geht zum Wasser.

"Hoch"

"Aber wie habe ich nicht getan, was du wolltest?"

"Noch keine Schlampe; du musst dich für das nächste Rennen umziehen; zieh deinen Badeanzug aus."

Monica tut es widerwillig.

"Steck deinen Badeanzug in den Schlitz. Gut. Jetzt dreh dich zu uns, knie nieder und lege deine Hände auf deinen Kopf."

Aus dem Glas schauen Robert und Sonia auf ihren knienden Gefangenen.

Robert interveniert, bis zu diesem Moment war er am Rande geblieben und überließ Sonia die Zügel des Spiels.

"Ich möchte lieber, dass du stehst ... Schlampe"

Monica errötet; Bis zu diesem Moment schien Robert freundlich zu sein.

Robert, du kannst ein sadistisches Lächeln nicht unterdrücken. Er überwindet seine Schüchternheit gegenüber seiner früheren Liebe. Jetzt ist sie nackt, stehend und seiner Gnade ausgeliefert. Sie können seine Muskeln in jedem Zentimeter sehen, seine Brust pocht. Die körperliche Stärke des Meerschweinchens ist gegen die Rückhaltesysteme der Insel nutzlos. Der Kontrast zwischen ihr und den beiden wird durch ihre Nacktheit und die Tatsache, dass sie sie in ihrer Statur dominiert, noch verstärkt.

"Nun, nun, bald werden wir in der Lage sein, deinen Körper zu studieren und ohne Eile, jetzt dreh dich um und zeig uns deinen festen Arsch."

Überrascht dreht sich Monica mit all ihrer Majestät um. Von hinten gesehen unterstreicht es die Festigkeit der langen Beine, des Gesäßes und des Rückens. Die von hinten gesehenen Armmuskeln sind eine lebende Skulptur und bewegen sich wie Pfeile.

"Spreize deine Beine und beuge dich jetzt vor und lege deine Arme auf den Boden."

Monica fühlt sich rot, als sie einen kalten Gegenstand wie den Boden in ihren Händen spürt.

In dem Moment, in dem er sich vorbeugt, fühlt er sich für den Anblick beider in ihrer ganzen Privatsphäre verwundbar. Die reichlich vorhandenen Brüste ragen zwischen den Oberschenkeln hervor, die Beine sind dank einer ungewöhnlichen Flexibilität gerade. Den beiden bleibt das Wissen, dass es bald vollständig verfügbar sein wird.

In dieser Position spürt Monica nach intensiver körperlicher Aktivität und Müdigkeit eine seltsame Hitze aus ihrem Magen. ein seltsames Gefühl des Vergnügens überkommt sie.

"Wie ist es möglich?"

Sie wundern sich beide.

Sonia und Robert sehen sich ein wenig überrascht an und lesen fast die Gedanken des anderen, gefangen im Zweifel an einer möglichen Vorliebe für sie.

Sonia greift ein

"Nun, du kannst dich abkühlen."

Anstatt erleichtert zu sein, zögert Monica fast, den Posten zu verlassen, lehnt die Idee jedoch schnell ab und geht zum Wasserstrahl, um sich abzukühlen.

Fantastic Girl

Der nächste Test wird in einem Bikini mit rotem Oberteil und blauem Höschen durchgeführt, der eher zurückhaltend und absichtlich eng ist, um ihre Brüste und Brustwarzen hervorzuheben, die dank der frischen Luft ganz offensichtlich waren.

Es befindet sich in einem Pool mit einer zwei Meter hohen Kante, um Fluchtversuche zu vermeiden. Es gibt Männer und Frauen wie im vorherigen Rennen, die Regeln sind die gleichen, wobei die Runden als Parameter abgedeckt werden.

Nach zehn Runden fällt die erste aus. Eine Frau, die Angst vor den Experimenten hat, die sie durchführen wollte, hat die ungesunde Idee, zu fliehen, sobald sie aus dem Pool kommt. Da sie körperlich sehr stark ist, schafft sie es, trotz der Handschellen an ihren Handgelenken sechs modifizierte Menschen zu besiegen, bevor sie von den seltsamen Waffen betäubt wird.

Monica hört nicht zu lange auf und versucht ihr Bestes zu geben, trotz des zehn Meilen langen Laufs, den sie gerade gemacht hat. Schwimmen ist eines der Dinge, die er am besten kann.

Mitglied 231 beachtet die Zeitpläne wie gewohnt und bemerkt den gleichen Trend, der bereits im Rennen erkennbar war: Das Mädchen scheint sich im Laufe der Zeit zu verbessern. Auch hier ist sie nach dem ruhigen Start noch schneller als Männer. Und selbst hier wurde beschlossen, ihren fünften Platz zu "holen", trotz der klaren Möglichkeit, sie auf der obersten Stufe des Podiums zu sehen, sogar besser als die Männer bereits nach dem ersten Rennen.

Monica ist auch hier ein bisschen überrascht, aber im Moment ist sie zufrieden, dass sie nicht auf den unteren drei Plätzen gelandet ist.

Aber die Idee zu fliehen kam ihm, nachdem er den Versuch des vorherigen Schwimmers gesehen hatte.

Er erkannte, dass sich neben dem Pool ein Hubschrauber befindet und vielleicht ...

Diese Idee ermutigt sie und nutzt die Linie, die mit den Schwimmern gemacht wird, und bevor sie sie wieder ketten, wird sie die letzte Gelegenheit nutzen, die sie zu haben glaubt, bevor sie nachts mit Mitglied 231 auf sie wartet. um zu versuchen, zum Hubschrauber zu gehen.

Sie nimmt die beiden modifizierten Menschen, die sie umgeben, nieder und geht geradeaus wie ein Pfeil auf Mitglied 231 zu, das von der schnellen Reaktion der Frau überrascht ist.

Zu dieser Zeit wird sie wieder ein Fantastic Girl.

Er nutzt einen Posten, den er vom Boden aufhebt und mit seiner Hilfe auf den Boden pflanzt. Mit einem unglaublichen Sprung geht er über die Wachen, die Mitglied 231 nach der ersten Überraschungsreaktion in seine Gefangennahme geschickt hat, und landet neben ihr , gab ihr einen neuen Tritt ins Gesicht und machte sie bewegungsunfähig.

"Wie jemand auf mich zukommt, töte ich sie hier, verdammt!

Mitglied 231 deutet den modifizierten Menschen an, sich fernzuhalten.

„Was machst du jetzt, Schlampe? Ich fing an dich zu mögen, aber danach wirst du mehr leiden, als du dir vorstellen kannst, Schlampe "

"Halt die Klappe, verdammt noch mal, ich breche dir jetzt den Hals, lass uns leise zum Hubschrauber gehen ..."

Mitglied 231 erkennt, dass es eine echte Möglichkeit gibt, dass ihr Plan funktioniert, indem sie ihre Geisel hält und wie stark sie auch nach zwei anstrengenden Tests ist.

Also versuche sie abzulenken ...

„Schau... da sind Sonia und Robert, willst du ihnen nicht etwas sagen?

Monica sucht einen Moment, in dem Mitglied 231 Punkte zeigt, damit sie die Gelegenheit nutzt, um zu versuchen, wegzukommen, aber die Kraft, mit der sie sie festhält, ist so groß, dass Monica das Manöver sofort erkennt und sie in den Bauch schlägt.

„Wenn du das nächste Mal versuchen willst, mich auszutricksen, bring ich dich um, Schlampe. Wo ist der Hubschrauberpilot? Rufen Sie ihn an, um es vorzubereiten."

Mitglied 231 tut, was ihr gesagt wird, und in wenigen Augenblicken erscheint eine Person in Militärkleidung neben dem Hubschrauber und tritt ein, um ihn in Betrieb zu nehmen.

Darin sind Sonia und Robert bereits neben ihnen mit Gesichtern, die schwer zu entziffern sind, aber sie scheinen verwirrt zu sein.

"Mitglied 231, was ist hier los?"

Monica sieht sie mit solch einem Hass an, dass sie sich zurückziehen, aber nicht genug ...

Selbst wenn Mitglied 231 mit einem Arm unterstützt wird, wirft Monica ein tödliches Bein auf sie zu und trifft Sonia direkt in den Nacken. Dieser Sturz fiel tot auf den Boden.

Robert ist vor Überraschung und Entsetzen gelähmt, als er sieht, wie sein Freund tot umfällt, und Monica kann ihn diesmal mit solch übermenschlicher Kraft erneut in die Genitalien treten, dass Robert ein unmenschliches Kreischen von Schmerz ausstößt und sich daran reibt. Fußboden.

"Das soll deine Eier dazu bringen, nicht mehr für immer zu arbeiten, du verdammter Sadist."

Und mit einer schnellen Bewegung steigt er in den Hubschrauber, der bereits im Gange ist, hinter Mitglied 231, das er hineingeschoben hat.

"Nun, du kannst dir vorstellen, was ich will, also bestelle es!"

"Pilot, lass uns zum Festland gehen"

Der Hubschrauber beginnt zu steigen, damit Monica wieder atmen kann. Sie hatte bemerkt, dass sie schon lange den Atem angehalten hatte und sie beginnt zu sehen, dass sie aus dieser Hölle herauskommt.

Als der Hubschrauber bereits ein paar Meilen von der Insel entfernt über dem Meer ist, wendet sich Monica, Fantastic Girl, an Mitglied 231 ...

"Schlampe, es war schön dich zu treffen ..."
Und wirft es ins Meer ...

DAS AUSZIEHSPIEL

131

Paul und ich waren zu einer Party gegangen, die von Freunden von ihm gegeben worden war.

Er kannte fast niemanden, aber sie schienen ein netter Haufen zu sein.

Paul entschuldigte sich und begann mit einigen Teamkollegen zu sprechen, die er seit dem Ende des Rennens nicht mehr gesehen hatte, also wurde ich allein gelassen.

Ich schenkte mir Sangria ein, begann ruhig zu trinken und sah mich nach jemandem um, den ich kannte.

Alle waren damit beschäftigt, mit jemandem zu reden, und er wollte kein Gespräch unterbrechen.

Plötzlich sah ich ein paar Leute durch die Tür im hinteren Teil des Raumes schlüpfen.

Es dauerte nicht lange, bis drei weitere Personen eintraten.

Dann noch eine.

Das war zu viel für meine Neugier, also beschloss ich zu sehen, was dort los war.

Ich öffnete die Tür und sah eine große Gruppe von Menschen in die Mitte des Raumes schauen.

Ich stellte mich auf die Zehenspitzen, um zu sehen, was sie sahen, und entdeckte einen Jungen Anfang zwanzig, der mit einer Schachtel voller kleiner Karten in der Hand auf einem Tisch saß.

Die Leute lachten ununterbrochen und es weckte meine Neugier noch mehr.

Ich beschloss, jemanden zu bitten, es herauszufinden.

Ich klopfte einem Mädchen vor mir auf die Schulter.

"Hey entschuldigung. Was ist das alles? Fragte ich und hob meine Stimme über das Lachen.

"Wir spielen" Wagen Sie es? " "Er antwortete" Willst du spielen?

"Ich weiß nicht, wie man spielt", sagte ich.

"Es ist egal, ich werde es dir gleich erklären", rief er aus. Du wirst sehen, wie einfach es ist. Wenn Sie an der Reihe sind, müssen Sie eine

Karte aus der Box auswählen, die der "Moderator" des Spiels trägt, nämlich den Jungen auf dem Tisch. Auf der Karte steht eine "Herausforderung", der Sie sich stellen müssen. Wenn Sie sich gegen eine Nichteinhaltung entscheiden, müssen Sie eine Verpfändung leisten. Sie müssen sich ausziehen.

" Ich verstehe. Deshalb gibt es diesen ohne Hemd ", sagte ich und zeigte auf einen Mann, der lachte. ""

"Das war's", antwortete sie. "Es ist so, dass wir schon eine Weile spielen. Darüber hinaus gibt es andere, die bereits ein Versprechen bezahlt haben. Das Mädchen ist schon in ihrem Höschen und ich musste meine Schuhe ausziehen. "

Ich sah auf seine Füße hinunter und sah, dass er die Wahrheit sagte.

Ich lächelte, dankte ihm und verließ den Raum.

Ich suchte nach Paul, um ihn zu fragen, ob er hereinkommen und mit mir spielen wollte.

"Nein Liebling", antwortete er. "Sie sehen, wenn Sie wollen, ich spreche mit einigen Freunden von der Universität."

Ich ging alleine hinein.

Sie sagten mir, dass ich dem Moderator zuerst Bescheid geben müsse, um an dem Spiel teilnehmen zu können.

Ich tat es und als ich an der Reihe war, nahm ich eine Karte heraus.

"Küssen Sie mit einer Augenbinde drei Mitglieder des anderen Geschlechts und raten Sie dann, wer wer ist."

Sie wählten drei Männer und verbanden mir die Augen.

Der erste schien, als wollte er meine Mandeln mit seiner Zunge erreichen.

Der zweite benutzte seine Zunge weniger, verbrachte aber fast eine Minute damit, meinen Arsch zu reiben, während er mich küsste.

Der dritte benutzte auch viel seine Zunge und rieb nicht nur meinen Arsch, sondern streichelte auch meine Titten.

Ich ließ sie es tun, denn wenn ich einen von ihnen gestoppt hätte, hätten sie mich eliminiert.

Ich nahm die Augenbinde ab und schlug alle drei, einen für seinen Bart und die anderen zwei für die Höhe.

Als ich wieder an der Reihe war, war bereits eine Frau in BH und Höschen und ein Mann in Unterhosen.

Ich nahm eine neue Karte heraus.

"Sie müssen Ihre Unterwäsche demjenigen zeigen, der zu ihrer Farbe passt. Drei Personen können testen."

Was für ein Pech! Sie trug einen Strumpfgürtel und ein passendes schwarzes Höschen.

Sicher würde jemand daran denken, diese Farbe zu sagen.

Aber das Schlimmste war, dass das Höschen durchsichtig war und ich alles durch sie hindurch sehen konnte.

Warum hätte ich das kastanienbraune Höschen nicht getragen?

Sie wählten drei andere Männer.

Der erste sagte, er trage nichts.

Ich lachte und sagte ihm, dass er versagt hatte.

Der zweite sagte, es sei schwarz.

Bingo! Du hast es richtig!

Ich sagte ihm, er solle sich umdrehen und hob mein Kleid, damit nur er sie sehen konnte.

Als er mich sah, pfiff er dankbar.

Der Moderator des Spiels sagte, da ich verloren hatte, musste ich ein Kleidungsstück ausziehen.

Mit einer sinnlichen Geste legte ich meine Hände unter meinen Rock, senkte mein Höschen und hängte sie mit den restlichen Kleidern, die die anderen bereits ausgezogen hatten, an den Kleiderbügel.

In der nächsten Schicht verloren zwei Männer ihre Hose und eine Frau ihren BH, und zwei Personen verließen das Spiel mit nur noch zehn Personen.

Die topless Frau erinnerte die Gruppe daran, dass ich nicht die gleiche Anzahl von Tests wie der Rest der Leute durchgeführt hatte und schlug vor, dass ich zwei zusätzliche Tests habe, um mich auf das gleiche Niveau wie die anderen zu bringen.

Die Leute ignorierten meine Proteste und stimmten schnell dafür, mir zwei zusätzliche Tests hintereinander zu geben.

Ich nahm die erste Karte heraus.

"Zieh deinen BH aus, ohne Knöpfe an deinem Kleid oder deiner Bluse zu öffnen."

Als sich mein BH vorne öffnete, öffnete ich ihn problemlos und fuhr mit einer Seite unter jedem meiner Arme hindurch.

Währenddessen starrten mich alle an und ich hörte einige Leute kommentieren, dass alles für mich transparent sei.

Der Moderator sagte, dass eine der Spielregeln das erneute Tragen von Kleidungsstücken untersagte.

Ich nahm eine neue Karte heraus.

"Wählen Sie drei Personen des gleichen Geschlechts mit dem Strohspiel. Französisch küssen eine, die mindestens eine Minute dauert."

Ich habe drei Streichhölzer gebrochen, sie mit ein paar anderen gemischt und sie herumgereicht, damit jede Frau eines auswählen konnte.

Derjenige, der eines der drei kaputten Streichhölzer bekam, hätte einen Preis.

Joanna, ein rothaariges Mädchen in den Zwanzigern, ein Körper mit perfekten Kurven und etwas kleiner als ich, war die erste, die einen von ihnen herauszog.

Er lachte und sagte, dass er in diesem Spiel immer gut gewesen sei.

Er ließ mich auf seinen Knien sitzen und der Moderator erinnerte mich daran, dass ich die Herausforderung verlieren würde, wenn ich den Kuss unterbrechen würde.

Joanna begann mich mit großer Entschlossenheit zu küssen und da sie wusste, dass ich nichts unter meinen Kleidern hatte, streichelte sie zuerst meine Brüste und dann schob sie eine Hand unter meinen Rock, ließ sie direkt über meinem Schambein und spielte mit meinem Kitzler.

Ich ertrug den Kuss, konnte aber nicht weiter mit diesen erfahrenen Händen auf meinem Kitzler sitzen.

Fachmännisch brachte er mich zum Orgasmus, während ich mich auf seinen Knien windete.

Als ich den Kuss abbrach, klatschte die Gruppe und ich sah, dass sechs Minuten vergangen waren.

Joanna hielt immer noch ihre Hand für einen Moment auf meiner pochenden Muschi und dann stand ich auf.

Er hörte jedoch nicht auf, auf ihn zu drücken, bis ich ein paar Schritte entfernt war.

Ich atmete schnell und begann zu warten, bis ich wieder an der Reihe war.

Ein Mann verlor seine Boxershorts und enthüllte einen dicken, harten Schwanz.

Eine zweite Frau verlor ihren BH.

Die Frau, die keinen BH mehr hatte, verlor ihren Rock und ließ nichts an.

Ich fragte mich, was passieren würde, wenn sie wieder verlieren würden.

Paul wählte diesen Moment, um den Raum zu betreten.

Der Moderator fragte ihn, ob er bleiben wolle.

Er warf einen Blick auf die beiden Frauenbrüste und zögerte nicht, Ja zu sagen.

Sie sagten ihm, dass er fünf Herausforderungen annehmen müsse, wenn er bleiben wolle.

Er zog seine erste Karte heraus.

"Küssen Sie mit einer Augenbinde drei Mitglieder des anderen Geschlechts und raten Sie dann, wer wer ist."

Ich war der zweite und Joanna die dritte.

Ich rieb Paul wie die erste Frau und rieb seinen Schwanz durch seine Hose.

Joanna machte es besser, zog seine Fliege herunter und griff hinein.

Paul hat mich nicht geschlagen (er dachte, ich wäre die Nummer eins).

Er verlor vier der fünf Kleidungsstücke, als er in seinen Boxershorts stand, und eine enorme Erektion kämpfte darum, sich zu befreien.

Der Moderator gab bekannt, dass die Dinge weit genug gegangen waren und dass es Zeit war, die stärksten Karten zu ziehen.

Ich habe den ersten bekommen.

Sie haben mir die Augen verbunden und drei Schwänze in meine Hände gelegt.

Er musste raten, wem jeder gehörte.

Unglaublicherweise konnte ich Pauls nicht von den anderen unterscheiden.

Während alle Leute im Raum zuschauten, zog ich meine Bluse aus.

Die Frau, die bereits in der Vorrunde nackt war, verlor ihre Herausforderung und alle Männer zogen einen Strohhalm.

Der Moderator sagte der Frau, dass sie sich mindestens fünf Minuten lang auf den Schwanz desjenigen setzen müsse, der den kürzeren Strohhalm gezogen habe.

Ich sah zu, wie sie auf dem Sieger saß, als er seinen Schwanz vorsichtig in ihr Tropfloch steckte und sich fragte, ob meine Bestrafung dieselbe wäre, wenn ich nackt wäre.

Der Moderator begann die Zeit zu zählen.

Sie versuchte sich wie nichts zu benehmen, als würde sie uns davon überzeugen, dass sie nicht mitten in allen gefickt wurde, aber die langsamen Bewegungen, mit denen der Mann in sie eindrang, begannen nach etwa drei Minuten reagieren.

Sie fing an, sich mit der Sache zu befassen, als der Moderator sagte, dass die Zeit abgelaufen sei und sie aufstehen ließ, worauf sie sich weigerte und sich fest an den Besitzer des Hahns hielt, der ihr so viel Freude bereitete.

Wir alle lachten über diese amüsierte Reaktion, während Joanna und der Moderator versuchten, dieses aufrechte Mitglied aus ihrer hungrigen Fotze zu entfernen.

Es gelang ihnen kaum.

Der nächste war ich.

"Schauen Sie sich die Brüste von drei Frauen an und identifizieren Sie sie dann mit verbundenen Augen, indem Sie sie nur mit Ihrer Zunge berühren."

Joanna meldete sich schnell freiwillig, ebenso wie zwei andere Frauen.

Ich schaute auf ihre Brüste, maß ihre Größe und Gesichtszüge und dann verbanden sie mir die Augen.

Meine Zunge erkundete abwechselnd jede der Titten.

Mir kam der Gedanke, dass wenn ich sie eifrig leckte, sie am Ende einen Klang der Freude ausstrahlten, der mir helfen würde zu wissen, wer jeder war.

Die zweite war still, bis meine Zähne ihre Brustwarze putzten und sie ein lustvolles Stöhnen nicht unterdrücken konnte.

Der dritte stöhnte beim ersten Lecken.

Ich sagte, Joanna sei die erste, und wer glaubte sie dann, dass die anderen beiden es waren?

Ich habe es richtig.

Ich habe bereits geglaubt, dass die Herausforderung vorbei war, als der Moderator sagte, er müsse eine Strafe absitzen.

Er hatte bemerkt, dass er seine Zähne an einem von ihnen benutzt hatte.

Er sagte mir, ich solle meinen Rock ausziehen.

Er wollte sagen, er solle mich weiter ausziehen, hörte aber auf, als er meinen heißen roten und schwarzen Strumpfgürtel sah.

Er sagte mir, dass ich mit meinem Rock weitermachen könnte, aber dass ich von nun an die gleichen Strafen wie die Spieler verbüßen müsste, die bereits nackt waren.

Er griff in die Strafbox und zog eine Karte heraus.

Er hat es mir nicht gezeigt, aber er ließ es von den drei verbleibenden Frauen lesen.

Sie näherten sich mir, umkreisten mich langsam und trugen mich zum Bett.

Joanna setzte sich darauf und die anderen beiden legten mich auf die Knie.

Die Frau, deren Brustwarze gebissen worden war, lag nahe an meinem Kopf, so dass mein Gesicht auf ihrer Muschi ruhte.

Er hielt meine Arme, damit ich mich nicht bewegen konnte.

Der andere hielt meine Beine und begann mit meiner Muschi zu spielen.

„Hast du gesehen, wie nass sie ist, Joanna? „Ich hörte ihn sagen.

In der Zwischenzeit fing er an, meine Klitoris mit einem Finger zu berühren und gleichzeitig mit einem anderen mein Inneres zu erkunden.

Unwillkürlich begannen sich meine Hüften auf Joannas Knien zu winden.

Plötzlich traf es mich hart.

Ich habe mich nicht beschwert, denn ich hatte Angst, die Bestrafung zu verpassen.

Es traf mich noch ein paar Mal und hörte schließlich auf.

„Wie viele gab es? "Ich wundere mich.

"Ich weiß nicht", antwortete ich verängstigt.

"Dann fangen wir wieder an", sagte er.

Joanna peitschte mich hart, während meine Muschi von dem anderen Mädchen erkundet wurde.

Diesmal habe ich mir angesehen, wie ich die Prügel gezählt habe.

Als er zwanzig war, blieb er stehen und sah die Frau an, die meine Arme hielt.

„Hat er schon angefangen dich zu lecken? Er hat gefragt.

" Ich antworte nicht.

"Wir werden wieder anfangen", rief Joanna aus.

Ich vergrub schnell mein Gesicht in dieser Muschi, die einer Frau gehörte, die, wie Sie vielleicht bereits bemerkt haben, nicht einmal ihren Namen kannte.

Joanna schlug mich immer härter.

Endlich blieb er stehen.

Diesmal hatte ich 23 Wimpern gezählt, obwohl ich befürchtet hatte, einige verpasst zu haben.

"Wie viele waren sie? Er fragte mich noch einmal.

"Fünfundzwanzig", sagte ich, um sicherzugehen.

"Nein, du musst es besser machen", sagte Joanna. "Wir werden wieder anfangen.

Der Rest der Leute applaudierte und jubelte ununterbrochen, aber nicht ich, sondern meine Folterer.

Ich hörte auch, wie Paul Joanna zu der Show gratulierte, die sie mich zum Anziehen brachte.

Während dieser ganzen Zeit hatten die Hände, die mit meiner Muschi spielten, kein Jota verlangsamt.

Ich hatte bereits die Anzahl meiner Orgasmen verloren (es waren mindestens fünf gewesen), und gemessen an der Häufigkeit, mit der die Frau, die ich ihre Muschi aß, meinen Kopf gepackt hatte, hatte sie mindestens drei gehabt.

Joanna stoppte ihre Schläge noch einmal.

"Wie viele waren sie? "Ich wundere mich.

"Fünfundzwanzig", sagte ich noch einmal und bereitete mich auf einen neuen Schlag vor.

"Richtig", sagte er ohne weiteres.

Dann sprach er die Frau in meinem Kopf an und fragte:

"Virginia, hat es dich zufrieden gestellt?

"Im Moment ja", hörte ich sie antworten, "es sei denn, sie lässt einen Schwanz wachsen ..."

„Und du, Julia? Er fragte den, der meine Muschi erforscht hatte.

"Ja", antwortete er mit schwerem Atem. "Für mich ist das okay."

Ich wollte aufstehen, aber Joanna hielt mich auf und brachte mich dazu, mich hinzulegen.

"Sie sind vielleicht fertig, aber ich habe es mir nicht" gesagt ". Jetzt müssen Sie die nächsten zehn Striche zählen, damit jeder in diesem Raum Sie hören kann. Dann wirst du mich, Virginia und Julias Fotzen küssen, um dir dafür zu danken, wie viel Spaß du mit uns hattest. "

Ich akzeptiere.

Er brauchte über eine Minute, um mich alle zehn Male zu schlagen.

Dann küsste ich Virginias Muschi ohne aufzustehen und dankte ihr.

Ich stand auf und küsste Julias Muschi und dankte ihr auch, um Joanna zum letzten Mal zu retten.

Das Pussyessen, das ich ihr widmete, dauerte ungefähr drei Minuten, bis ich endlich fühlte, wie sie kam.

Dann habe ich ihm auch gedankt.

Dabei wurde mir klar, dass er meinte, was er sagte.

Die Erfahrung war sehr erfreulich gewesen.

Jetzt war Paul an der Reihe ...

Paul suchte sich eine Herausforderungskarte aus und ich konnte an seinem Gesichtsausdruck erkennen, dass er nicht das bekommen hatte, was er erwartet hatte.

"Identifizieren Sie die Schwänze von drei Männern nur mit dem Mund und den Augen verbunden."

"Ich werde das nicht tun", sagte er und drehte sich zu mir um.

"Warte eine Minute", antwortete ich etwas genervt. "Du hattest eine großartige Zeit zu sehen, wie ich mit drei Frauen gefahren bin und jetzt willst du das nicht tun. Ich denke du bist unfair. "

"Aber ist das ...", begann er zu sagen. "Sind das ... Schwänze !!"

"Komm schon", sagte ich und sah, dass ich ihn bereits überzeugte. "Wenn du das tust, wird dir nichts passieren, es wird dir keinen Schaden zufügen." Denken Sie auch an die Bestrafung, die der Moderator Ihnen geben wird, wenn Sie sich weigern. "

Ich bin mir nicht sicher, welches meiner Argumente ihn schließlich überzeugen konnte. Der Punkt ist, dass er, nachdem er einen Moment länger darüber nachgedacht hatte, angekündigt hatte, dass er es versuchen würde.

Ich sah mir die drei Schwänze vor Paul genau an.

Er hatte die Augen verbunden und zitterte von Kopf bis Fuß.

Ich versuchte ihn aufzuheitern, indem ich ihm sagte, dass mich das enorm anmachte, was völlig richtig war.

Endlich entschied er sich und begann sich der Herausforderung zu stellen.

Am Ende war es nicht so schlimm, es endete in weniger als einer Minute und traf nur einen.

Der Moderator bat mich, ihm bei der Auswahl der Bestrafung zu helfen.

Mit verbundenen Augen ließen sie ihn auf der Bettkante sitzen.

Die Frauen, die noch im Raum waren, zogen sich aus.

Von diesem Moment an würden die Kleider nicht mehr als Strafe dienen.

Jeder von ihnen saß genau eine Minute auf seinem steifen Schwanz.

Ich war der vierte und Paul erkannte mich an den Strümpfen, die ich noch trug, oder vielleicht an etwas anderem.

Er bat mich, etwas länger zu bleiben, lange genug, um zu kommen.

Ich gab ihm einen Kuss, der seine Kehle verstopfte und setzte mich noch ein paar Momente auf ihn, als seine Hüften mich immer wieder drückten und versuchten, schnell zum Orgasmus zu gelangen.

Ich habe es nicht zugelassen.

Am Ende des Tages war es eine Bestrafung, also stand ich auf und ließ ihn auf halbem Weg zurück.

Joanna war die letzte, die seinen Schwanz einführte.

Sie erregte ihn gnadenlos und verließ ihn auch, bevor er kam.

"Wenn ich eine andere Strafe wählen muss, zögern Sie nicht, mich zu konsultieren", bot ich dem Moderator an, während Paul aufstand und erschöpft die Augenbinde abnahm.

"Mach dir keine Sorgen", lächelte er mich an. "Von nun an werden wir zwischen den beiden wählen."

Ich habe gesehen, wie Joanna die nächste Karte genommen hat.

Er las es sich vor und es schien amüsant.

Wir haben ihn gebeten, es vorzulesen, und er hat es getan.

"Wählen Sie drei Männer und berühren Sie ihre Schwänze. Setzen Sie sich dann mit verbundenen Augen auf sie und identifizieren Sie ihre Besitzer."

Sie ging auf und ab und wählte seltsamerweise zwei Männer mit den größten Schwänzen.

Als sie Paul erreichte, blieb sie vor ihm stehen und nahm sanft seinen Schwanz.

Paul trat einen Schritt vor, glücklich, denn jetzt würde er die Chance haben, das zu beenden, was wir ihm vorher nicht hinterlassen hatten.

Aber Joanna ließ sie los und lächelte grausam.

"Im Moment hast du genug", sagte er. "Wenn du gut bist, werde ich dich vielleicht für ein anderes Spiel auswählen."

Und sie ging von ihm weg und ließ ihn mit einem steifen Schwanz und einem enttäuschten Blick auf seinem Gesicht zurück.

Ich musste lächeln.

Es hat ihm gut getan.

Joanna wählte den dritten und brachte ihn mit den anderen beiden.

Sie berührte jeden der Schwänze, bis sie hart waren und als sie fertig war, hatte sie die Augen verbunden.

Dann spießte er sich auf jeden von ihnen auf, ohne einem der drei eine Chance zu geben, zu kommen.

Sie hat den dritten Schwanz hart getroffen.

Unverständlicherweise hatte keiner von ihnen Recht.

Wir alle stellten fest, dass ich absichtlich versagt hatte, selbst der Moderator, der mich zum Überlegen anrief.

Schließlich fanden wir eine Bestrafung gemäß Joannas Persönlichkeit, obwohl wir alle tief im Inneren wussten, dass es mehr als eine Bestrafung war, ein Geschenk für sie.

Wir banden Joanna mit dem Gesicht nach unten an das Bett, so dass ihre Taille an der Kante gebeugt war und sie auf den Knien blieb, wobei ihr Arsch uns allen ausgesetzt war.

Die Bestrafung würde darin bestehen, dass jeder Mann sie genau eine Minute lang von hinten fickt.

Ich würde an ihrer Seite sein, um ihr jeden der Schwänze vorzustellen.

Der Moderator würde sich Zeit nehmen.

Eine Geste von ihm wäre das Signal, dass die Zeit abgelaufen ist und dass sie seinen Schwanz entfernen sollten.

Wenn sie sich weigerten, wäre ich derjenige, der dafür verantwortlich ist, es mit Gewalt zu entfernen (wenn nötig, sie bei den Eiern zu nehmen).

Ich ging zu Paul und sagte etwas in sein Ohr.

Dann nahm ich meinen Platz ein.

Ich packte den ersten der sechs Schwänze, die mit beiden Händen in Joannas Loch eindringen würden.

"Die Spitze ist ein bisschen trocken", log ich, weil mich das alles am geilsten machte. "Ich denke, ich muss sie mit meiner Zunge anfeuchten."

Ich habe dies getan und mehr als nötig neu erstellt, was mir einen Verweis vom Moderator einbrachte.

Dann habe ich es fachmännisch vorgestellt.

Gerade als Joanna anfing, sich rechtzeitig mit ihrem Partner zu bewegen, gab mir der Moderator das Signal, aufzuhören.

Ich packte seinen Schwanz sanft und zog ihn schnell heraus.

Ich befeuchtete auch die zweite mit meinem warmen Mund, da es, wie gesagt, "notwendig" war.

Als ich es hineinsteckte, begann sich sein Schwanz blitzschnell hinein und heraus zu bewegen.

Trotzdem zog ich sie heraus, bevor sie zufrieden sein konnte.

Der dritte und der vierte verliefen auf die gleiche Weise.

Der Moderator war der fünfte.

Ich schaute auf seinen Schwanz und schüttelte langsam meinen Kopf.

"Ich denke, ich muss diesen Schwanz auch nass machen", sagte ich böswillig.

Ich steckte es in meinen Mund und begann es zu lecken und zu saugen, als wäre sonst niemand im Raum.

Ich habe mehr Zeit dafür aufgewendet als für alle anderen.

Endlich hielt er mich mit seiner Hand auf.

"Ich denke genug ist genug", sagte er und schnappte vor Aufregung nach Luft.

„Bist du sicher, dass ich aufhören soll? Ich fragte sinnlich.

"Im Moment ja", sagte er zu mir. "Später darf ich dich weitermachen lassen.

Der Moderator war genau eine Minute und derjenige, der dem Cumming am nächsten kam, wegen der Aufregung, die mein Schwanzessen ihm verursacht hatte.

Paul war der letzte.

Joanna hatte ihre Hüften fest gegen die letzten beiden Schwänze gedrückt und versucht, einen Orgasmus zu bekommen, aber es gelang ihr nicht.

Ich beschloss, dass ich sie vor dem letzten Angriff ein bisschen mehr leiden lassen würde.

Ich teilte langsam die Lippen ihrer Muschi mit der Ausrede, dass auf diese Weise der Schwanz leichter eintreten würde.

Das ließ Joanna vor Vergnügen schaudern.

Dann glitt mein Finger über ihren Kitzler und erregte sie noch mehr.

Ich dachte genug war genug und ließ Paul näher kommen.

Er schob sie hinein, als Joannas Muschi mehr als geschmiert war.

Er fing an, ihm kräftige Stöße zu geben, wie es die anderen getan hatten, aber nach dem vierten nahm ich es ihm ab und ließ ihn es in seinen Arsch schieben.

Gerade am Ende der Minute der Strenge gab mir der Moderator das Signal, es zu entfernen.

Joanna drückte sich mit den Hüften zurück, um zu versuchen, das geschwollene Glied an Ort und Stelle zu halten, war jedoch erfolglos.

Der Moderator starrte mich an.

"Jetzt werden wir abstimmen, um über die Strafe zu entscheiden, die wir Ihnen auferlegen", sagte er mir und sprach laut, damit die ganze Welt ihn hören konnte.

" Bestrafung? Mir? Aber wieso? Sagte ich ungläubig.

"Weil er die Regeln des vorherigen Spiels geändert hat", antwortete er. "Die Schwänze konnten nur in ihre Muschi und nicht in ihren Arsch eindringen. Außerdem durften Sie ohne meine Erlaubnis nicht alle Schwänze essen. "

Niemand hat dagegen gestimmt.

Währenddessen sah ich, wie Joanna sich auf den Rücken rollte und ihre Hand langsam zu ihrem hungrigen Kitzler schwebte.

Die Leute waren zu einer Entscheidung gekommen.

"Wir werden Ihnen die Augen verbinden und dann werden wir alle tun, was wir wollen, ohne dass Sie wissen, wer was getan hat", rief der Moderator lächelnd aus.

Plötzlich legte mir jemand eine Augenbinde über die Augen und mehrere Hände drückten mich auf das Bett.

Eine Sekunde später trat ein Schwanz in meinen Mund und ich begann eifrig daran zu saugen.

Ein zweiter Schwanz grub sich in meine tropfende Fotze, aber nach vier Stößen kam er heraus.

Dann fühlte ich mich, als hätte jemand mein Gesäß getrennt und unmittelbar danach drang ein weiterer Schwanz (oder vielleicht derselbe) mit einem einzigen Stoß in meinen Arsch ein.

Ich wollte schreien, aber der Schwanz, der in meinem Mund vergraben war, hielt mich auf.

Sie legten mich langsam auf meine Seite, so dass weder die Schwänze, die mich fickten, noch die beiden Münder, die anfingen, meine Titten zu lutschen, von ihren Zielen wegkamen.

Ich bemerkte, dass mindestens eine von ihnen einer Frau gehörte, weil ihre Gesichtshaut sehr weich war, ohne eine Spur von Bart.

Mehrere Leute drängten sich um mein Geschlecht und versuchten, in mich einzudringen.

Nach einem leichten Kampf gelang es einem von ihnen.

Der Kampf, der sich zwischen den Menschen zwischen meinen Beinen gebildet hatte, war so groß, dass ich das Gefühl hatte, als würden mich mehrere Menschen gleichzeitig ficken.

Es war, als wären alle Leute auf mich gekommen.

Der Schwanz in meinem Mund ging unerbittlich in sie hinein und aus ihr heraus, während der Schwanz in meiner Muschi weiter pumpte, aber mit einigen Schwierigkeiten.

Der auf meinem Arsch drang immer noch in mich ein, aber es schien, dass der größte Teil der Anregung von seinem Besitzer von meinen Bemühungen kam, den Stößen aller anderen entgegenzuwirken.

Anscheinend hatten die beiden Leute, die an meinen Brüsten saugten, beschlossen, mich anzuschalten und zu stimulieren, so viel ich konnte.

Die Wahrheit ist, dass ich froh war, dass mir die Augen verbunden waren, damit ich mich voll und ganz auf das konzentrieren konnte, was sie mir angetan haben.

Zu sehen, was geschah, hätte nur als Ablenkung gedient.

Eines der Mädchen nahm meine Hand, legte sie auf ihre Muschi und fing an, sich mit meinen Fingern zu reiben und sie zum Masturbieren zu benutzen.

Sie war von allem so verwirrt, dass sie nicht reagieren konnte.

Es war, als wäre ich ein Objekt geworden, als wäre ich meines Willens beraubt worden.

Der Schwanz in meinem Mund begann zu pochen.

Sekunden später schoss mir ein Milchstrahl in die Kehle.

Ich versuchte alles zu schlucken, aber einige fielen mir auf die Wange.

Bevor ich mich erholen konnte, legten sie eine Muschi an ihre Stelle, die ich unverzüglich zu lecken begann.

Anscheinend hatten die beiden, die meine Muschi und meinen Arsch fickten, einen gemeinsamen Rhythmus gefunden.

Mit ihren Stößen haben sie mich dazu gebracht zu kommen.

Ich war mitten in meinem zweiten Orgasmus, als ich einen Schrei hörte und der Mann, der meine Muschi fuhr, kam.

Dann, als er sich langsam zurückzog, spürte ich, wie sein Sperma langsam aus meinem Loch floss.

Sein Partner, der sich ganz meinem Arsch verschrieben hatte, pumpte noch härter.

Ein Gesicht erschien auf meiner Muschi und begann es leidenschaftlich zu lecken.

Das Gefühl, in den Arsch gefickt zu werden, während jemand anderes meine Muschi aß, war neu für mich.

Ich fing wieder an abzuspritzen.

Jemand fing an, an meinen Haaren zu ziehen.

Trotz der Schwierigkeiten versuchte ich, den Anforderungen der Muschi, die sich auf meinem Gesicht befand, gerecht zu werden.

Ein neuer Schwanz erschien in meiner Hand und ich begann ihn auf und ab zu wackeln.

Einer der Münder an meinen Brustwarzen verschwand und nahm an seine Stelle ein Paar starker Hände, die meine Titten schrubbten und sie kneteten, als wären sie Brotteig.

"Ich denke, dieses Mädchen möchte ein paar Mal verprügelt werden", sagte eine Stimme zu meiner Rechten, die ich nicht herausfinden konnte, wer es war.

Die Muschi, an der ich saugte, drückte sich noch näher an mein Gesicht.

Ich leckte es so gut ich konnte.

Ihre Schenkel drückten meinen Kopf, als ich zum Orgasmus kam.

Schnell ersetzte ihn ein neuer Schwanz und arbeitete sich in meinen Mund hinein.

Ich stellte mir eine Reihe von Leuten vor, die sich an jeder meiner Attraktionen anstellten und darauf warteten, dass sie an die Reihe kamen.

Mir wurde klar, dass ich die Verbindung zwischen diesen Geschlechtsorganen und den Menschen, an die sie gebunden waren, verloren hatte.

Die Augenbinde hatte alles weggenommen, außer meiner Fähigkeit zu fühlen, was geschah.

Ich musste zugeben, dass ich von dem Moment an, als ich diesen Raum betrat, insgeheim gehofft hatte, dass so etwas passieren könnte.

Die Wahrheit war, dass Joanna, seit sie meinen Kitzler zum ersten Mal mit ihren Fingern erregte, in einem Zustand ständiger Erregung war.

Anscheinend hatte der Mann, der mich fickte, endlich den Punkt ohne Wiederkehr erreicht.

Er packte meine Hüften und übernahm das Kommando über meine Bewegungen.

Sekunden später spürte ich, wie große Samenstrahlen von seinem Schwanz in mein Inneres geschleudert wurden.

Dann legte er sich neben mich und ich fühlte, wie sein Schwanz weicher wurde und langsam aus meinem Arsch kam.

Unmittelbar danach war er weg und ließ mein hinteres Ende frei.

Der Mund meiner rechten Meise wurde durch eine andere starke Hand ersetzt. Jetzt wurden meine Brüste als Team massiert.

Plötzlich verschwand eine der Hände.

Sekunden später bemerkte ich etwas in meiner Brust, im Tal, das meine beiden Titten bildeten.

Es war eine Hand, eine Hand, die mit einer Art Schmiermittel verschmiert war.

Er ging immer wieder über meine Titten und schmierte sie mit dieser schleimigen Flüssigkeit.

Jemand stieg auf meinen Bauch, kletterte auf meinen Körper und legte einen harten Schwanz zwischen meine geschmierten Titten.

Seine Hände schlossen sich meinen Brüsten an und verwandelten sie in eine Muschi, die zum Ficken bereit war.

Die Hüften des Mannes bewegten sich wahnsinnig schnell hin und her.

Der Schwanz in meinem Mund verschwand, ohne seine Ladung in meinen Hals zu schießen, und der Schwanz in meiner Hand wurde durch eine feurige Muschi ersetzt.

Jemand hat mich auf den Mund geküsst, glaube ich, eine Frau, die ihre Zunge in meinen Hals schlängelt.

Ich konnte fühlen, wie das Sperma von meinem Arsch und meiner Muschi tropfte.

Der Schwanz, der meine Titten fickte, erhöhte seine Geschwindigkeit.

Jemand hob meine Beine und legte meine Muschi frei.

Sie peitschten mich zehnmal hart in den Arsch, während eine Hand einen Platz auf meiner Muschi einnahm und mich masturbierte.

Der Schwanz auf meiner Brust begann mit Gewalt Sperma zu spucken.

Es traf mich ins Gesicht und tropfte dann von ihr.

Er muss auch die Frau erreicht haben, die mich küsste, aber das hinderte ihn nicht daran, seine Zunge für eine Sekunde in mich zu stecken.

Das bereits schlaffe Mitglied entfernte sich von meinen Titten.

Der küssende Mund entfernte sich ebenso wie der Finger von meinem Kitzler.

Für einen Moment lag ich nur erschöpft da.

Etwa eine Minute später wurde die Augenbinde entfernt.

Sie gaben mir ein Handtuch und ich wischte mich sanft damit ab, als ich die versammelte Gruppe beobachtete.

Unter ihnen war Paul, mein Freund, der ebenfalls teilgenommen hatte.

Mir wurde klar, dass ich ihn unter all den Menschen, die mir ununterbrochen Freude bereiteten, nicht erkannt hatte.

"Jetzt werden Sie sich bei jedem Einzelnen von uns dafür bedanken, dass Sie eine so angenehme Zeit hatten", sagte der Moderator zu mir.

Ein paar Momente später küsste er jede der Fotzen der Frauen.

Dann steckte ich jeden der Männerschwänze in meinen Mund und dankte jedem von ihnen.

In diesem Moment öffnete sich die Tür.

" Wo sind alle? "Sagte der Neuankömmling" Verdammt, ich glaube ich habe das falsche Zimmer! "

UNTERWÜRFIGE LATEINAMERIKANISCHE FRAU

153

Juliet erhielt weitere Anweisungen in einem Brief.

Es war ein weißer Umschlag mit der Aufschrift "Vertraulich" in Fettdruck.

Julias Beine begannen zu wackeln, bevor sie den Umschlag öffnen konnte.

Er erinnerte sich, dass er letzte Nacht mit Paul gesprochen hatte.

Was wird Ihr nächster mutiger Plan sein?

Durch ihre Beziehung in den letzten Monaten gewann sie neue Erkenntnisse über sich und ihre Sexualität.

Bevor Paul vorgestellt wurde, glaubte er viel über Sex zu wissen.

Aber seit ihrer Beziehung zu Paul hatte sie angefangen, viele Dinge zu tun, die sie sich noch nie vorgestellt hatte.

Sie hatte viele ihrer Missverständnisse über sich selbst vergessen.

Bevor sie Paul traf, glaubte sie, mit Sex vollkommen zufrieden zu sein.

Aber sie merkte schnell, dass sie mit dem, was sie tat, nicht zufrieden war.

Er hatte ihr beim zweiten Date die Augen verbunden.

Julieta hätte nie gedacht, wie empfindlich unser Körper werden kann, wenn wir nicht sehen können.

Jedes Glied fühlte sich asymptomatisch an und sie war neugierig zu wissen, welcher Punkt als nächstes an ihrem Körper berührt werden würde.

Er hatte das Gefühl, dass jede Berührung seines Körpers für immer andauern sollte, und er bemühte sich, jede Berührung zu genießen.

Das nächste Mal band Paul seine Glieder ans Bett.

Das Gefühl, dass wir emotional hilflos sind, wenn wir unseren eigenen nackten Körper sehen, unseren Partner ihn genießen und wir nichts tun können, wir können nicht widerstehen, wir können nichts selbst vermeiden, dieses Gefühl ist ganz anders.

Du benutzt ihren schönen, jugendlichen Körper, wie du willst, vor deinen Augen ... und du willst nur fühlen, was er dir antun wird.

Gemischte Gefühle von Hilflosigkeit und Aufregung.

Sie spielten diese neuen Spiele ständig und sie genoss all diese Spiele in vollen Zügen und schätzte Pauls Kreativität.

Interessanterweise gab Juliet, die glaubte, ihre Natur sei aggressiv und dominant, Paul im Romantikspiel leicht auf.

Nicht nur das, sie liebte es, sich ganz zu geben, ihm ihren Körper zu geben, zu tun, was er tun würde, zu tun, was er ihr sagte.

Sie begann zu spüren, dass jemand sie dominieren und sie dazu bringen sollte, irgendetwas zu tun.

Diese Veränderung in ihrer Natur hatte sie überrascht.

Letzte Nacht hatte Paul gesagt, dass der Wagemut von morgen der Höhepunkt des bisherigen Spiels sein würde.

"Sie hören alles, was ich sage, nicht wahr?" Er hatte gefragt.

Die Unterwerfung war nur durch Fragen zu ihr gekommen.

"Ja, Herr, ich werde tun, was du mir sagst", antwortete sie leise.

Sie konnte sehr leise sprechen, aber diese Entdeckung begann erst, als sie Paul traf.

"Na dann, morgen erhalten Sie einen Brief in Ihrem Büro. Dieser Brief wird weitere Anweisungen für Sie enthalten."

... und jetzt hatte er diesen Brief wirklich in der Hand!

Mit zitternden Händen brach er das Siegel auf dem Brief.

Was würde darauf geschrieben stehen?

Was wird Pauls nächster mutiger Plan sein?

Was müsste ich heute für ihn tun?

Ein bisschen verängstigt, ein bisschen verlegen fing sie an, das weiße Papier im Umschlag herauszunehmen, zu sehen und zu lesen ...

"Sklave

1. Mach dich bereit für unser Spiel heute Abend um acht Uhr, sei mutig.

2. Du solltest dich so anziehen: weiche rote Hosen, passende Bluse, passender Höschen-BH, goldene Ohrringe in den Ohren, silberner Gürtel und hochhackige Schuhe.

3. Ein Mercedes holt Sie um acht Uhr ab. Der Fahrer weiß, wohin er gehen muss. Er wird Ihnen später weitere Anweisungen geben. So wie Sie jetzt meinen Anweisungen folgen, müssen Sie auch nachts seinen Anweisungen folgen.

4. Außerdem nehmen Sie nichts anderes mit, da Sie es nicht benötigen. Du brauchst keine Tasche oder sonst etwas. "

Julietas Brust pochte vor Aufregung, bis sie die Anweisungen gelesen hatte.

Aufgeregt von dem, was heute passieren würde, wurde sie nass.

Paul, eine Kleiderordnung, acht Uhr abends, Mercedes-Fahrer ... nichts weiter.

Es gelang ihm immer, sie bei der Arbeit abzulenken.

Ein bisschen gruselig, ein bisschen Aufregung, ein bisschen Spaß, viel Neugier ...

So mutig ihre Spiele auch waren, sie wurden bisher an "privaten" Orten gespielt.

Mal in Julias Haus, mal in Pauls Wohnung und einmal in einem Hotel.

Aber sie würde sich allein Paul ergeben ... aber heute würde sie eine dritte Person treffen, den Fahrer dieses Mercedes!

Hat Paul dem Fahrer einige kühne Anweisungen gegeben?

Paul sagte, du musst alles befolgen, was der Fahrer sagt ...

Was passiert, wenn der Fahrer sie bittet, sich im Auto auszuziehen?

Oder wenn er sie bittet, ihn im Auto zu küssen?

Oder wenn Sie es während der Fahrt kippen ... ??? Oh Gott

Warum hat sie das alles Paul gestanden?

Hat sie einen Fehler gemacht, indem sie ihm so sehr vertraut hat?

Einerseits glaubte sie mit solchen Zweifeln auch, dass Paul keine Situation zulassen würde, die sie in Gefahr bringen würde.

Sie lächelte vor sich hin und erkannte, dass die Idee, dass der Fahrer sie zum Ausziehen zwang, ebenso schrecklich wie aufregend war.

Um acht Uhr hatte sich Julia dreimal an- und ausgezogen.

Zuerst trug er rote Hosen, aber es war nicht weich.

Ich sehe so gut aus, warum sollte ich ihm so viel Aufmerksamkeit schenken ...

Während er dies sagte, ohne es zu merken, hatte er seine Hose ausgezogen und nach einem weicheren Rot gesucht.

Dann suchte er nach den goldenen Ohrringen.

Er hatte nie die Gelegenheit gehabt, diese Ohrringe zu tragen, da er früher Jeans und ein T-Shirt trug, aber Paul hatte ein- oder zweimal gesagt, dass er sie sehr mochte.

Seltsamerweise erinnerte sie sich nicht, als sie Paul erzählt hatte, dass sie einen silbernen Gürtel hatte.

Aber er hatte dasselbe in seinem Brief geschrieben, also muss er es gewusst haben, das ist sicher.

Während er seine Intelligenz mental schätzt ...

... Die Uhr schlug acht und ein Auto hupte auf der Straße.

Julieta rannte die Treppe hinunter und sah durch das Guckloch in der Haustür.

Vor dem Tor stand ein langer schwarzer Mercedes.

Sie zog ihre Tasche von der Schulter und warf sie auf das Sofa im Flur, schloss die Haustür ab, schloss das Tor auf und ging zum Mercedes.

Der uniformierte Fahrer öffnete ihm die Hintertür.

Der Fahrer war mittleren Alters und im Aussehen gebildet.

Sie saß drinnen und fragte sich, ob er ihr schon Anweisungen geben würde.

Der Fahrer schloss sehr höflich die Tür, setzte sich und ließ den Motor an.

Wie erwartet war das Fahren in einem Mercedes sehr angenehm, aber es schien ihm nichts auszumachen.

Jetzt sagt Ihnen dieser Fahrer, was zu tun ist, wie und ob Sie wirklich gehorchen möchten, was er sagt ...

Viele dieser Gedanken wirbelten in seinem Kopf herum.

Der Mercedes raste durch die belebten Straßen der Stadt.

Nach und nach wurde der Verkehr in der Umgebung weniger dicht und er erkannte, dass sie die Stadt verlassen und das Industriegebiet betreten hatten.

Die Fabriken und Bürogebäude auf beiden Seiten der engen Straße schienen nicht vertraut zu sein.

Plötzlich verlangsamte der Fahrer den Mercedes und betrat eine Menge, die verlassen zu sein schien.

Obwohl die Fahrzeuggeschwindigkeit langsam genug war, um von der Hauptstraße aus zu fahren, war sie nicht langsam genug, um die Buchstaben auf dem Schild außerhalb des Pakets zu lesen.

Auf dem Grundstück sieht Juliet eine Vigilantehütte mit einer alten, heruntergekommenen Tür.

Der Fahrer hielt an und stieg aus.

Er kam zurück und öffnete die Tür für Julia.

Sobald sie ausstieg, schloss er die Tür und packte sie am Hals und führte sie zur zusammengebrochenen Vigilante-Kabine.

Juliet hatte die Stimme des Fahrers noch nicht gehört.

Diese vier mal vier Fuß große Kabine hatte vorne eine Theke.

Der junge Mann an der Theke sagte zu dem Fahrer:

"Danke Freund, bis zum nächsten Mal."

Der Fahrer lächelte nur und drehte sich schnell um und ging.

Jetzt war Julieta allein vor diesem unbekannten, aber gutaussehenden jungen Mann.

In seinem Lächeln lag etwas Magisches.

"Julia, ist nicht dein Name? Folge mir", befahl der junge Mann.

Juliet folgte ihm vorsichtig.

Die beiden betraten einen büroähnlichen Raum im hinteren Teil des halb zerstörten Gebäudes.

Es gab nichts im Raum als einen Tisch und Stühle in der Ecke.

"Bist du bereit für das heutige einzigartige Abenteuer Julia?" Er fragte, ob er es ernst meinte.

"Ähm? Vielleicht ...", sagte Juliet etwas nervös.

"Nun", sagte er und lächelte geheimnisvoll, "allen, die Ihnen heute Abend Anweisungen geben, werden Sie diese sorgfältig befolgen. Ohne Zweifel ... und ohne jemanden zu fragen. Einige der Vorschläge werden seltsam oder seltsam sein, aber glauben Sie mir, Sie wird glücklicher sein, wenn Sie den Anweisungen folgen. Dann tun Sie, was Ihnen gesagt wird, ohne Scham, Angst oder Furcht. "

"Okay. Was muss ich tun?" Fragte Julia fest.

Als er Julias sexy Körper betrachtete, sagte er:

"Dann hör zu. Zieh dich zuerst aus."

"Alle?" Fragte Juliet zögernd.

"Nein", sagte sie mit einem schelmischen Lächeln, "zieh alles aus, außer das Höschen, die Ohrringe, den silbernen Gürtel und die Absätze."

Juliet wusste nicht, ob sie die Anweisungen richtig gehört hatte.

Er hatte ihm Anweisungen in sehr klaren Worten und mit erhobener Stimme gegeben.

Juliet hatte jedoch das Gefühl, dass er nichts davon sagen konnte.

Selbst nachdem sie seinen Vorschlag mit großer Anstrengung verdaut hatte, wartete sie immer noch darauf, dass er den Raum verließ ...

Sie dachte, sie sollte ihm wenigstens den Rücken kehren.

Natürlich wusste Juliet, dass sie viel erwartete, aber trotzdem ...

In einem Anfall von Wut zog er seine Hose herunter und ließ seinen Gürtel an.

Sie knöpfte den ersten Knopf an ihrer Bluse auf und sah ihn an, um ihm zu zeigen, dass Sie in dieser Situation nicht weniger sind.

Aber sobald sie bemerkte, dass ihr Blick nach unten rutschte, als sie einen weiteren Knopf entfernte, sah sie versehentlich auf sich hinunter.

Es war ihr peinlich, den sehr engen, zarten rosa BH zu sehen, der deutlich sichtbar war, nachdem zwei Knöpfe von der Oberseite gefallen waren.

Ihre fleischigen, weichen Brüste bemühten sich, aus ihm herauszukommen.

Aufgeregt begann sie immer schwerer zu atmen und ihre bereits prallen Brüste schienen zu schwellen.

Ohne weitere Zeit zu verschwenden, knöpfte sie alle fehlenden Knöpfe an ihrer Bluse auf.

Sobald er die Hose von ihren Füßen zog, sah sie ihn an und zog ihre gürteldichte Bluse mit beiden Händen aus.

Dann schob sie sie zurück und blies natürlich ihre große und schöne Brust noch mehr auf. Dann entfernte sie auch die BH-Haken.

Aber für einige Momente blieb sie in derselben Pose und sah ihn an.

Er trat vor und sah ihre geschwollenen Brüste an.

Als Juliet bemerkte, dass es kein Entrinnen gab, verdrehte sie die Augen, holte tief Luft und entfernte langsam ihren BH mit beiden Händen.

Sie hatte nicht den Mut, ihm jetzt in die Augen zu schauen.

Und dann wurde ihm klar, dass er immer noch darauf wartete, dass sie herauskam oder ihm den Rücken kehrte.

Aber sie hätte sich selbst den Rücken kehren können, als sie sich vor diesem seltsamen jungen Mann auszog!

Aber sie hatte sich dreist nacheinander vor ihm ausgezogen ...

Dieser Gedanke war ihr noch peinlicher.

"Falten Sie Ihre Kleidung und legen Sie sie auf den Tisch", erlangte Julieta bei seinem nächsten Vorschlag das Bewusstsein zurück.

Sie öffnete die Augen, aber um seinem Blick auszuweichen, hob sie die Hose, die Bluse und den BH auf, die über ihre Beine rollten, und näherte sich dem Tisch.

Sie faltete sie vorsichtig zusammen, legte sie auf den Tisch und stellte sich vor ihn, aber nicht weit dahinter.

"Jetzt dreh dich um und steh mit beiden Händen zurück", befahl er erneut mit ernster Stimme.

Jetzt drehte sie sich um und fragte sich, wofür es wohl sein würde. Sie drehte sich um und winkte mit beiden Händen zurück, als wäre sie sehr faul geworden.

Sie nickte und fühlte, wie er auf sie zukam.

Ihre zarten Handgelenke wurden von kaltem Metall berührt, als sie darüber nachdachte, was als nächstes passieren würde.

Was ist das Neues, fragte sie, bis etwas klickte und beide Hände in derselben Pose gefangen waren, die er ihr gesagt hatte.

Oh Gott. Du bist hier an einem unbekannten Ort, mit einem unbekannten Mann, in diesem Moment, in einem solchen Zustand ... und jetzt so schutzlos !!

Wenige Kleidung am Körper, kein Telefon in der Nähe, keine Tasche ...

Wofür würden sie dienen?

Beide Hände waren von hinten in Fesseln gefangen.

Paul ist nicht in Sicht.

Und dieser seltsame, aber gutaussehende junge Mann kommt dir so nahe ... dumm!

Du bist dumm, Julia.

Warum glauben die Leute so blind?

Und das auch bei einer Person wie Paul ... wie gut kennst du ihn?

Was wird jetzt mit dir passieren?

Oh Gott, was habe ich getan ...

"Komm schon", sagte er und wartete nicht darauf, dass sie ging, sondern hielt sich an ihren Fesseln fest und ging zur Tür.

Es hatte keinen Sinn zu protestieren.

Sobald sie aus der Tür war, strömte ein kalter Luftstoß über Julia und Tränen stiegen in ihren Augen auf.

Er ging mit schweren Schritten.

Er schleppte sie fast auf den dunklen Parkplatz.

In solch einem halbnackten Zustand fühlte er auch die Unterstützung dieser Dunkelheit, aber ...

Aber was ist das?

Die Schande ihres eigenen halbnackten Körpers, ihrer eigenen Hilflosigkeit, der unfreiwilligen Gesellschaft dieses jungen Fremden, während sie Angst hatte, erregte sie auch hilflos.

Sie schämte sich, die süßen Empfindungen zu spüren, die von dem einzigen Kleidungsstück bedeckt waren, das noch auf ihrem Körper war.

Sie wusste nicht genau, was Sie dachten.

Obwohl ihr Körper kalt war, fühlte sie sich warm, als sie den Raum verließ und auf den Parkplatz ging, mit der Berührung ihres Körpers beim Gehen und dem starken Griff der Schäkelstange.

Ihre dunklen Schokoladennippel zogen sich zusammen und begannen aus der kalten Luft zu schmerzen.

Es sah so aus, als würde er die Bar mit beiden Händen sehr fest halten ... aber sie hatte beide Hände hinter ihrem Rücken gefangen.

Und was würde dann mit ihm passieren, wenn er beide Hände frei hätte?

Wenn er ihre steifen Brustwarzen mit der gleichen Kraft drückte, mit der er seine Langhantel hielt ...

Juliet war schrecklich überrascht von ihren eigenen Gedanken.

Was hast du vor ein paar Augenblicken gedacht?

Aufgrund dieser Hilflosigkeit, der Schande, hatten die Tränen gerade ihre Augen erreicht.

Jetzt sollte die Berührung der felsigen Hand dieses unbekannten Mannes unseren intimsten Teil berühren, den Gedanken ... oder das Verlangen ...

Gott!

Was ist mit mir passiert

Welche Gedanken kommen mir in den Sinn?

Paul, wo bist du, böse?

Du ... du hast mich so gemacht!

Kann ich morgen in den Spiegel schauen oder nicht?

Am Ende des Parkplatzes befand sich ein kleines Tor.

Der Fremde öffnete die Tür und schob Julia hinein.

Es war wie eine große leere Kammer.

Julieta kniff die Augen zusammen und versuchte sich umzusehen, aber es war alles dunkel bis auf die Lampe, die in der Mitte des Raumes hing.

Er zog sie wieder hoch und stellte sie unter das Lampenlicht.

Ihr schöner Körper, der so lange von Dunkelheit bedeckt war, wurde wieder freigelegt.

Verlegen und plötzlich das Licht in ihren Augen, wischte sie sich die Augen hart ab.

Ein paar Momente vergingen in extremer Stille.

Es gibt keine Bewegung, es gibt keine Bewegung.

Ich frage mich, ob er mich hier gelassen hat ...

Sie spürte, wie seine Berührung ihre lineare Taille berührte.

Ein- oder zweimal bewegte sich die Berührung langsam von beiden Seiten ihrer Taille zu ihren Achselhöhlen und rutschte dann nach unten und die Ränder ihres Höschens hinunter.

Julieta wischte sich die Augen, als wüsste sie, was als nächstes passieren würde.

Die Finger beider Hände zogen die Ränder ihres rosa Höschens herunter.

Ihr Höschen fing sich, als sie ihre Schenkel erreichten.

Mit gefesselten Händen hinter dem Rücken konnte er nichts tun.

Die Finger seiner linken Hand kamen mit Autorität von hinten nach vorne und begannen, die Vorderseite ihres Höschens zu senken, sie zu kneifen und ihre feuchte Vagina zu berühren.

Im nächsten Moment fiel ihm das letzte Kleidungsstück an seinem Körper zu Füßen, obwohl es nur nominell war.

"Leg sie beiseite", hallte seine kraftvolle Stimme durch diese Leere.

Er löste ihre Beine von ihrem Höschen, ohne nachzudenken.

Jetzt war sie völlig nackt, nackt, nackt.

Ganz zu schweigen davon, dass an ihrem schönen Körper noch ein paar Dinge übrig waren: Ohrringe, ein silberner Gürtel und High Heels.

Natürlich diente nichts dazu, Verlegenheit zu vermeiden, aber sie begann an sich selbst zu denken, als sie sich der Situation stellte, in der sie sich befand.

"Bleib still da", sagte sie und gab den nächsten Befehl.

Obwohl Julia jetzt die Augen öffnete, wollte sie ihm nicht ungehorsam sein.

Als er darüber nachdachte, was er tat, hörte er ihn etwas schieben.

Sie sah nach rechts und sah ihn.

Er schob etwas mit Rädern auf sie zu.

Es war ein Tisch.

Der Tisch war ungefähr hüfthoch.

Lederriemen wurden über den Tisch geschnallt.

Er brachte den Tisch direkt vor sie.

Dann umkreiste er sie erneut, schob sie nach vorne und beugte sie über den Tisch.

"Spreiz deine Füße, Julia", befahl er.

Sie bewegte gehorsam beide Beine leicht zur Seite.

"Noch mehr", schrie er und sie stand mit beiden offenen Beinen da.

Jetzt berührte ihre feuchte Vagina das Leder auf dem Tisch.

Sobald ihre Beine die Tischbeine trafen, band er ihre beiden Beine fest mit den Lederriemen zusammen.

Jetzt war es ihm unmöglich, sich zu bewegen.

Er umgab sie und befreite ihre Hände von den Fesseln.

Er lächelte und stellte sich vor sie.

Als sie ihren nackten Körper betrachtete, senkten sich Julias Augen automatisch verlegen.

Er gab immer wieder Befehle.

"Geh runter und berühre deine Zehen."

Als sie sich nach unten beugte, beugte er sich vor und band ihre Hände an ihre Beine.

Egal wie mutig sie war, Juliet hatte Angst vor diesem Zustand der Hilflosigkeit.

Zu diesem Zeitpunkt war sie nicht in der Lage, sich alleine zu bewegen.

Ihre feuchte Vagina und ihr volles Gesäß waren vor 'diesem' Fremden völlig freigelegt.

Nicht nur das, sondern auch ihre Vagina und sogar ihr Arschloch müssen jetzt für ihn sichtbar gewesen sein.

Sie versuchte ihre Atmung zu kontrollieren und fragte sich, was er als nächstes tun würde.

Für eine Minute bemerkte sie keine Bewegung von ihm, aber dann bemerkte sie, dass er sehr nahe hinter ihr war.

Gleichzeitig fühlte er sich sehr vertraut, aber an einem unerwarteten Ort ...

Vaseline! Ja, es war Vaseline.

Er rieb mit einem beschichteten Finger Vaseline in ihr hinteres Loch.

Er breitete es eine Weile um sie herum aus und steckte dann seinen Finger in ihren Anus.

Juliet hielt für einen Moment den Atem an.

Bevor sie Paul kennenlernte, war ihr keine andere Verwendung für ihr Analloch als gewöhnlich bekannt.

Sie war immer verärgert, als sie in einem Porno-Video mit Paul Analsex sah.

Er würde Paul anschreien und ihn zwingen, die Szene zu passieren.

Aber als er ihre Arme und Beine ans Bett gebunden und ihr die Art des dominanten Geschlechts beigebracht hatte, hatte er trotz ihres Widerstands einen Gummistopfen in ihren Anus gesteckt.

Juliet, die anfänglich schrie, akzeptierte diese Art von Spaß in kürzester Zeit.

Danach bat sie ihn jedes Mal, wenn Paul herunterkam, um ihre Vagina zu lecken, mindestens einen Finger hinter sich einzuführen.

Tatsächlich tat Paul es wirklich gern so, aber nur um Julia zu ärgern, erinnerte er sie an seine Ablehnung und seinen Ekel ...

Aber heute, als der Finger dieses unbekannten Mannes frei durch Schritt und Anus zirkulierte, hatte er viele Emotionen im Kopf.

Sie war wütend auf ihre eigene Hilflosigkeit.

Der Eindringling ärgerte ihn wegen des offensichtlichen Vormarsches.

Sie hasste Paul dafür, dass er sie in eine solche Situation gebracht hatte.

Sie hatte Tränen in den Augen, als ihr Finger in sie eindrang.

Gleichzeitig war sie erregt, als sie bemerkte, dass sich der Finger eines Fremden an einer seltsamen Stelle in ihrem Anus bewegte.

Nachdem er seinen Finger eine Weile in ihr Loch hinein und heraus gedrückt hatte, steckte er gewaltsam einen dicken Gummistopfen in ihr Loch.

Obwohl das Vaseline die Beschwerden etwas verringerte, war die Größe des Stopfens viel größer als die Größe seines Lochs.

Aber Julia konnte nur protestieren.

In diesem Moment versuchte Juliet aufzuhören zu weinen und tief durchzuatmen ...

Als der Stecker vollständig hineingesteckt war, schlug er hart auf ihren schmerzenden Arsch und zog sich von ihr zurück.

Julias buchstäblich gedämpfter Schrei folgte dem Geräusch des "Knackens", das im ganzen Raum widerhallte.

Zu diesem Zeitpunkt wurde er sehr wütend auf Paul.

Er muss dem Fremden einige Dinge erzählt haben, die zwischen den beiden sehr privat sind.

Natürlich!

Außerdem, wie konnte dieser Mann wissen, dass Julia, die immer für die Arbeit verantwortlich ist, gerne im Sex dominiert wird?

Obwohl sie weinte, als sich ihr Finger über ihren Anus bewegte, musste sie gewusst haben, dass sie es liebt, mit dem Finger gestochen zu werden.

Und jetzt, ohne sich um die körperlichen Schmerzen zu sorgen, die sie durchmachte, und ohne vorherzusehen, wie sie reagieren würde, war sie überzeugt, dass Paul ihr wegen der Kraft, mit der er sie verprügelt hatte, alles erzählt haben musste.

Paul hatte ihr auch den Trick beigebracht, extreme Schmerzen zu lindern.

In der Außenwelt konnte Julia die laute Stimme des Mannes vor sich nicht ertragen.

Aber in dieser privaten Welt war ihre größte Fantasie, dass jemand sie foltern und körperlich zwingen könnte.

Als er diese Informationen nutzte, wurde er wütend und gleichzeitig sehr aufgeregt, als er bemerkte, dass dieser Mann mit seinem Körper spielte.

Mit all diesen Gedanken warf er ihr jedoch weiterhin eine Peitsche zu.

Ihr blasses Gesäß war jetzt rötlich wie Kirschen und heiß wie die Hölle.

Nach zehn oder fünfzehn Schlägen warf er die Peitsche beiseite und fing an, Julias rötliches Gesäß zu verprügeln.

Nach viel Folter wollte Julia ihn umarmen.

Er blieb stehen und stellte sich vor sie, als sie wollte, dass seine Hände noch eine Weile dorthin zurückkehrten.

Er beugte sich vor und ließ ihre Hände los. Er richtete sie auf.

Er nahm ihre zarte Hand in seine und hob sie hoch.

Juliet sah ein starkes Seil von oben baumeln.

Er band beide Hände sorgfältig zusammen und wickelte sie in das Seil.

Er rutschte aus und fiel zur Seite.

Das Seil wurde vom Dach über die Brücke gebunden.

Er löste das Seil von seinem Griff, nahm es in die Hand und begann es fest zu ziehen.

Julias Körper wurde hochgezogen und hochgezogen, wobei das Seil an ihren Armen zog.

Juliet ließ ihn ohne Widerstand an ihrem Körper ziehen.

Er zog weiter am Seil, bis er sie an beiden Fersen anhob.

Jetzt stand Juliet auf den Zehen ihrer High Heels und schwang ihren Körper, baumelte aber nicht.

Er band das Ende des Seils wieder fest und stellte sich vor sie.

Julias gesamte Brust war jetzt aufrecht, als sie beide Arme erhoben hatte.

Als sie von oben nach unten schaute, sahen ihre eigenen Brustwarzen auch etwas zu abgewinkelt aus.

Und dann drehte er seine Finger über die dunklen Ringe um ihre Brustwarzen, packte plötzlich mit einer Prise beide spitzen Brustwarzen und zog fest daran.

Juliet schrie bereitwillig und stolperte, wo sie stand.

Ihre Oberschenkel waren auch in ihren Bewegungen eingeschränkt, da ihre Beine unten und ihre Hände oben gebunden waren.

Er fuhr fort, ihre Brustwarzen mit einer Prise seiner Finger zu ziehen und loszulassen.

Langsam wurde Juliet wieder aufgeregt.

Sie wischte sich die Augen, zog ihren Nacken zurück und bewegte ihren Körper zu ihm.

Es war, als wollte er diese schmerzhafte Prise immer und immer wieder.

Von dort nahm er eine kleine Menge rote Creme auf seine Finger.

Sanft rieb er die Salbe um ihre Brustwarzen.

Er tauchte seine Finger wieder in die Röhre und schöpfte noch etwas Sahne heraus.

Jetzt kam seine Hand herunter und begann ihre Vagina zu berühren.

Er fand ihre Vagina durch ihr feines Haar und schmierte dort auch die Creme.

Dann kam er zurück und rieb den cremefarbenen Gummistopfen an ihrem Anus.

Julieta war sehr aufgeregt über die Berührung dieser kalten Creme mit ihren drei "privaten" Organen.

Aber nach ein paar Sekunden begann die kalte Sahne sie aufzuheizen.

Und nach und nach begann es an der Stelle zu jucken, an der er die Creme auftrug.

Sie wollte unbedingt, dass jemand ihre Brüste drückte.

Sie versuchte, ihre Hände zu befreien, um auf ihre eigenen Brüste zu drücken und ihre eigenen starren Bindungen zu festigen.

Im Moment brauchte sie ihre felsigen Finger, ihre geleckten Brustwarzen und ihre juckende Vagina ...

Gleichzeitig spürte er die Berührung dieses vibrierenden Objekts.

Paul hatte ihr einen mittleren Vibrator gegeben, aber bisher hat sie ihn nie alleine benutzt.

Paul arbeitete den Vibrator alleine mit ihr.

Aber jetzt schien der Vibrator, der in ihre juckende Vagina eingedrungen war, zu groß.

Außerdem fühlten sich seine Vibrationen viel stärker an als ich erwartet hatte.

Obwohl beide Beine gebunden waren, streckte sie ihre Schenkel, um so viel Platz wie möglich für den Vibrator zu schaffen.

Er kroch einen Zentimeter und erwartete ihre zarte Vagina.

Juliet war jedoch von der Creme und der Situation im Allgemeinen so angetan, dass sie ihren ganzen Körper nach vorne drückte und versuchte, den Vibrator hineinzuholen.

Als er den dicken Vibrator in seiner Gesamtheit nahm, stand er zitternd da und genoss seine Vibration.

Beide Beine gebunden.

Ich schieße mit beiden gefesselten Händen hoch.

An einem so unbekannten Ort spürte Juliet, wie die Lebensfreude völlig schutzlos, nackt und aufgeregt vor einem Fremden hing.

Ein fester Stecker in ihrem Anus und ein Vibrator füllten ihre Vagina.

Die Brustwarzen wurden von dieser roten Creme oben angemacht.

Sie wollte aufrichtig, dass der Fremde sie beißt, beißt und ihr pralles, fleischiges Gesäß zerquetscht.

Er hatte das Gefühl, als wären die beiden Gegenstände in beiden Löchern tief in seinen Körper eingedrungen.

Er hatte nie aufgehört, den Vibrator hineinzuschieben, aber Juliet selbst versuchte ihn hereinzuholen.

Er schloss beide Löcher, zog Handgelenke und Knöchel bis zur Spannung, streckte seinen ganzen Körper und erreichte mit einem lauten Schrei den Höhepunkt des Glücks.

Zum ersten Mal in seinem Leben dauerte dieser Moment lange.

Die Muskeln in ihrem Anus begannen sich zu spannen, während ihre Vaginalmuskeln sich zu schwächen begannen.

Und bevor die erste Erregungswelle nachließ, versteifte sich ihr Körper wieder.

Sie erlebte einen zweiten Orgasmus in Folge aufgrund des Gummistopfens in ihrem Anus.

Sie hatte gleichzeitig extreme Schmerzen und Vergnügen.

Langsam begann ihr Körper zu sinken und sie schloss die Augen.

Sein Gesicht ruhte in hängender Position auf seiner Brust.

Er beugte sich vor und zog den Vibrator aus ihrer Vagina.

Es dauerte eine Weile, bis sich ihr Körper erholt hatte.

Dann sammelte er etwas Kraft, hob den Hals, öffnete die Augen und ...

... alle Lichter im Raum waren an.

Unter ihrem Blick sah sie ungefähr fünfzehn Stühle, nur zehn Fuß von ihr entfernt.

Sie starrte ungläubig auf die Stühle und natürlich auf die Menschen, die darin saßen.

Es gab Männer in den Dreißigern und Fünfzigern ... und es gab Frauen.

Sie alle sahen Julia mit Freude und Bewunderung an.

Paul saß auf dem letzten Stuhl und sah sie stolz an.

Ich freute mich, Paul zu sehen.

Aber dann erinnerte er sich an seinen eigenen Zustand und die jüngste "Enthüllung".

Verlegen senkte sie den Hals, konnte aber ihre Hände nicht bewegen, um ihren nackten Körper zu bedecken.

Und vor was würde er sich jetzt verstecken?

Nachdem sie die ganze "Show" gesehen haben, ...

Mit all diesen Gedanken, die durch ihren Kopf gingen, fühlte sie die Bürste aus kaltem Wasser hinter sich.

Die Fremde, die so lange mit ihrem Körper gespielt hatte, "kühlte" sie mit einer Wasserpfeife in der Hand.

Sie hatte keine andere Wahl, als sich von ihm mit gefesselten Armen und Beinen baden zu lassen.

Er drehte ihren nackten Körper und badete sie vollständig von Kopf bis Fuß.

Zuerst die Überreste der Wimpern auf ihrem Gesäß, dann das Scheuern ihrer Arme und Beine vom Verband, die Brüste und Brustwarzen, die von der Creme und ihrer Handhabung anschwollen, in ihren beiden empfindlichen Poren, von denen sie einen unerwarteten Anfall von beiden erlitt Richtungen und überall auf ihrem jungen und zarten Körper.

Ich brauchte wirklich dieses kalte Wasser!

Als sie völlig durchnässt war, drehte sie den Wasserhahn ab und trat vor, um ihren Griff um ihre Beine zu lockern.

Julieta spreizte ihre langen Beine und versuchte aufrecht zu stehen.

Dann löste er das Seil, das oben hing, und ließ ihre Hände los.

Er ließ sie für einen Moment allein und näherte sich ihr wieder.

Er zog den hinteren Tisch hoch und ließ Julia darauf sitzen.

Es gab keine Kraft in seinem Körper, es gab kein Verlangen in seinem Geist, sich einer seiner Handlungen zu widersetzen!

Er legte sie auf den Tisch und band ihre Hände zusammen.

Diesmal wickelte er die Träger um ihre Schenkel, ohne ihre Beine an den Knöcheln zu binden.

Julietas Vagina war jetzt offener als zuvor, und die Gurte waren an den Haken auf beiden Seiten des Tisches befestigt.

Jetzt war ihre rosa Vagina vor ihr sichtbar, und der Gummistopfen in ihrem hinteren Loch war ebenfalls sichtbar.

Er ließ sie für eine Weile in diesem Zustand.

Der Gedanke an Leute, die im Raum saßen und sie anstarrten, ließ sie sich verlegen und auch erregt fühlen.

Als sie sich daran erinnerte, dass Paul auch um sie herum war, lehnte sie sich zurück und wartete auf den nächsten Angriff ...

Und dann spürte sie die vertraute Berührung des Vibrators ... zuerst an ihren Beinen, dann an ihren prallen Schenkeln, dann an ihrem flachen Bauch, um ihre hohlen Brustwarzen und dann langsam an beiden Brüsten, an ihren engen Brustwarzen, nach oben.

Er konnte nicht glauben, dass er in so kurzer Zeit wieder aufgeregt sein konnte.

Er spürte, wie der Ausfluss aus ihrer Vagina von ihren erschöpften Schenkeln zu ihrem eigenen Anus tropfte.

Und sie war überwältigt von dem Anblick von fünfzehn oder zwanzig Fremden, Männer und Frauen, die sie anstarrten.

Besorgt begann sie auszusprechen:

'Ah ah!'

Plötzlich ging der Vibrator aus.

Julias Erregung war nicht mehr in ihrem Körper.

Sie fing an laut zu schreien, schrie und forderte den Fremden auf, zu ihr zu kommen und sie weiter mit dem Vibrator zu streicheln.

Ein paar Sekunden müssen vergangen sein und dann fühlte sie eine sehr ungewohnte und unerwartete Berührung zwischen ihren beiden Schenkeln ...

Überrascht schaute sie dorthin und sah, dass der junge Fremde seine lange Zunge über ihre Vagina bewegte.

Sie grinste und sah ihn an, lehnte sich dann zurück auf den Tisch und entspannte ihren Körper.

Er war ihr nicht mehr fremd.

Die anderen Männer und Frauen im Raum existierten nicht für sie.

Er hatte nicht einmal Gedanken an Paul im Kopf.

Er spürte die Berührung der langen, starken Zunge des jungen Mannes, verdrehte die Augen und legte sich hin.

Während des nächsten Orgasmus hatte sie ein breites Lächeln im Gesicht.

Wie lange sie ihre Vagina leckte, wie lange sie wach oder schlafend auf dem Tisch lag ... Ich hatte keine Möglichkeit zu wissen.

Sie wusste nur, dass die beiden wieder allein im Raum waren, ihre Glieder frei waren, der Gummistopfen von ihrem Anus entfernt und neben den Tisch gelegt worden war und der Fremde, der ihr den größten Orgasmus seines Lebens beschert hatte Ohne Geschlechtsverkehr stand er höflich vor ihr.

Er stand langsam auf und stand vom Tisch auf.

Er hatte seine Kleider in den Händen.

Jetzt, als sie sich anzog, lehnte er sich an sie ... nicht um sie in Verlegenheit zu bringen, sondern um ihren engen BH zuzuknöpfen.

Er half ihr auch freundlich, das Anziehen zu beenden.

Nachdem er sich angezogen hatte, führte er Julia zurück zur Hütte des Wächters.

Der gleiche schwarze Mercedes stand vorne.

Der Mercedes-Fahrer öffnete die Tür für sie und blieb erwartungsvoll stehen.

Julieta lächelte, als sie sich an die Freundlichkeit des Fahrers erinnerte.

Er drehte sich um und fragte zum ersten Mal seit dem Treffen mit dem "Fremden".

"Wie heißen Sie?"

Er lächelte.

Er nahm ihre Hand und drückte sie näher und sagte:

"Mein Name ist nicht wichtig."

Dann lächelte sie nur und sagte "Danke" und ging auf das Auto zu.

Paul wartete auf dem Rücksitz des Autos auf sie.

Sobald er eintrat, umarmte Julia Paul in ihren Armen.

Paul tätschelte ihm liebevoll den Kopf und bedeutete dem Fahrer, das Auto zu starten.

Der schwarze Mercedes rannte wieder durch die engen Gassen des Industriegebiets in Richtung der geschäftigen Stadt.

Paul nahm eine Videokamera, die er beiseite gelegt hatte, hielt den Bildschirm nahe an Julia und sagte:

"Alles, was du getan hast, seit du aus dem Auto gestiegen bist ... oder alles, was dir angetan wurde, ist in diesem Video zu sehen. Wie mutig du bist."

Juliet entspannte sich in seinen Armen.

Das Lächeln auf ihrem Gesicht und die Zufriedenheit sprachen für sie, ohne dass sie mehr sagen musste.

Paul ließ sie sich im Auto entspannen, tätschelte sie erneut und starrte auf das Band ihres Mutes.

Der heutige Plan war ein Erfolg.

Ich war glücklich und aufgeregt, dass ich bald bereit sein würde für ein erstaunliches nächstes Abenteuer …

ENDE

177